EL SECRETO DE LA DAMA EN

NAUTILUS

EL SECRETO DE LA DAMA ENJAULADA

Víctor Mora

Ilustraciones de Juanjo Cortés

SERIE CORAZÓN DE HIERRO, I

PLANETA & OXFORD

Avda. Diagonal, 662-664, 08034 Barcelona

Parque Empresarial San Fernando. Ed. Atenas. 28830 Madrid
Oxford es una marca registrada de Oxford University Press

Primera edición en esta colección: marzo 2004
ISBN: 84-96336-36-0
Depósito legal: M. 6.955-2004
Impreso por Lavel Industria Gráfica
Impreso en España - Printed in Spain

A Eulalia Trias Capella

Quiero trabajar en el comienzo
de una historia.

CHRÉTIEN DE TROYES

1

Era una mujer de gran belleza a pesar del cardenal y el arañazo que tenía en el rostro. Llevaba un abrigo de piel de marta cebellina con el que cubría un vestido de seda verde semidesgarrado. Tanto las pieles de aquel animal como el color del vestido indicaban que pertenecía a la nobleza. No obstante, no se veía en su cabeza ni cofia ni toca, y los cabellos pelirrojos flameaban en el viento gélido que pasaba entre la reja. La dama se aferraba a los barrotes para no caer, ya que la jaula estaba montada sobre cuatro ruedas de carro y el singular vehículo, tirado por cuatro caballos, traqueteaba sin parar por un camino accidentado que discurría paralelo a un río. Un vaivén particularmente fuerte estuvo a punto de derribar a la dama, cosa que la hizo maldecir y gritar palabras airadas. Insultaba sin duda a la docena de jinetes que escoltaban la jaula. Se trataba de guerreros de la caballería ligera mongola, armados sólo con puñales, arcos y flechas, y cuerdas para enlazar a sus enemigos.

El mongol que comandaba la escolta, hombre rechoncho y malcarado que llevaba un sombrero de cue-

ro con un agujero por el que salía una cola de cabello muy negro, agitó hacia la prisionera un látigo de siete colas acabado en puntas metálicas. La mujer no hizo gesto alguno de miedo; por el contrario, imprecó al mongol. Un primer latigazo chocó contra la reja y, como ella continuaba desafiándolo, el hombre apuntó bien la segunda vez y una punta de metal añadió una marca nueva a la que ya había en el semblante de la dama. Retrocedió al tiempo que se mordía orgullosamente el labio inferior para no gritar.

2

Río abajo, a unos kilómetros de allí, un hombre salió al sol insólito de aquella mañana de invierno; había pasado la noche cobijado en una cueva. Alto y fornido, se arropaba con una capa de piel de oso que aún conservaba las garras del animal y bajo la cual se adivinaba un traje de cuero. También de cuero eran las polainas y las abarcas. El hombre, Bernardo de la Bellasuerte, al que llamaban Corazón de Hierro, iba armado con una ballesta y una aljaba de saetas y llevaba, sujetos a la cintura, un cuchillo y una espada corta como las muchas espadas de buen hierro que habían forjado los almogávares. En los reinos ibéricos, aquellos guerreros profesionales se habían enfrentado a menudo con los árabes. Más tarde se dirigieron a Oriente con la compañía comandada por el caudillo Roger de Flor.

Bernardo se acercó al río y comenzó a desvestirse para hacer sus abluciones en las gélidas aguas. Debajo de los cabellos castaños se veía una cara enérgica, sin afeitar desde hacía varios días, con unos ojos claros y penetrantes. Su cuerpo vigoroso tenía cicatrices de muchas heridas, sobre todo en las muñecas y los brazos. Pero no se veía ninguna en su espalda. Caminaba por la ribera cuando algo lo hizo detenerse entre los helechos cubiertos de rocío. ¡Se trataba de la propia agua, de su color! Un color extraño que contrastaba con el blanco azulado de los trozos de hielo que arrastraba la corriente. No era el color amarronado que aparece cuando se remueve el lecho a causa de la crecida del deshielo, sino un rojizo que Bernardo ya había visto antes... ¡El color de la sangre!

El hombre alzó la vista hacia la margen opuesta del río, que allí era muy ancho, y vio que se acercaban, empequeñecidos por la distancia, muchos hombres y mujeres con carros tirados por bueyes. Acostumbrado a la guerra y a los estragos que causaba, Bernardo se dijo que debían de ser campesinos en éxodo, fugitivos que buscaban refugio. ¿Qué los impulsaría a abandonar así sus hogares? Al alzar la vista vio, río arriba sobre el boscaje moteado de nieve, humos negros en el cielo de intenso azul de aquella extraña mañana... ¡Humos negros de incendio!

3

—Si yo fuera tú, no lo haría... ¡Ir río arriba, quiero decir!

Al oír las palabras en latín, Bernardo, que había echado a andar en aquella dirección, se detuvo. De entre unas rocas había surgido un anciano, un monje, que caminaba con dificultad valiéndose de un largo cayado porque tenía sólo la pierna derecha. La izquierda era un palo.

—¡Ojalá me entendieras! Pero supongo que es pedir demasiado...

—¡No, no! Os entiendo muy bien, padre.

—Llámame hermano. Hermano Janos. ¿Cómo es que sabes latín? ¿Eres noble?

—Mi padre adoptivo, el barón Sancho de la Bellasuerte, me envió a París para que estudiara en la Universidad de la Sorbona. Por lo que a la nobleza se refiere, yo valoro la del corazón por encima de todo, si me lo permitís.

—¡Eres un muchacho extraño!... Me gustaría conversar contigo, pero es una imprudencia quedarse por aquí... ¿Ves aquellos incendios? ¿Ves el color del agua? ¡Todo eso significa que han vuelto los mongoles!

El monje explicó a Bernardo que, muchos años antes, en 1241, los mongoles habían atravesado el río Vístula cuando estaba helado, y habían derrotado a los polacos en Chmielnik. Después de tomar y destruir Cracovia y Breslau, se habían enfrentado por primera vez a una coalición de caballeros europeos: franceses, húngaros, croatas, alemanes y, entre ellos, los Caballeros Teutónicos... Dicha coalición fue aplastada en Wahlstadt, cerca de Liegnitz. ¡Allí murieron setenta mil hombres! Los vencedores, entregados al vertiginoso horror de la guerra, les cortaron la oreja derecha a los enemigos muertos... ¡Y con ellas llenaron nueve grandes sacos!

Después —continuó explicando el monje—, los mongoles atravesaron los Cárpatos en pleno invierno y llegaron a la *puszta*, la llanura húngara. Aquel mismo año se enfrentaron al ejército húngaro del rey Bela IV en la confluencia de los ríos Sayo y Tissa, y lo aniquilaron... El Sayo ya había bajado turbio de sangre aquel día... Los mongoles estaban dispuestos a no detenerse ante nada... ¡A invadir la totalidad de Europa! Todo parecía perdido, pero entonces el caudillo Ogodai Khan murió de pronto en algún palacio de Karakorum... ¡y los invasores regresaron a Mongolia para disputarse la sucesión!

—Y ahora, ¿qué pasa? ¿Han regresado?

—Algunos de ellos se quedaron en Rusia y, de vez

en cuando, han hecho incursiones desde allí a nuestras tierras de Hungría. Pero ¡ahora parece que han llegado con tanta fuerza como la vez primera! ¡Ay, hijo mío! Mongoles o no, los hombres están locos.

Bernardo no respondió, ya que, por cortesía, jamás le llevaba la contraria a un anciano si podía evitarlo. Sí —pensó—, había visto dementes a lo largo de su vida, pero también había encontrado personas que nada tenían de locas.

—Bien, seguiré mi camino —dijo el monje—. Regreso al monasterio. Que Dios te guarde, porque veo que en lugar de acompañarme, como podrías, estás empecinado en seguir río arriba.

—Es que en este viaje me he desviado mucho de mi camino... ¡Adiós, hermano Janos!

El monje lo bendijo con la diestra, y se separaron.

Bernardo continuó río arriba, decidido a seguir adelante a toda costa.

4

Después de que el caudillo Roger de Flor fuera asesinado en Adrianópolis, Turquía, Bernardo había decidido dejar la compañía de almogávares y regresar a su ciudad, Barcelona. Las circunstancias de la vida, no obstante, lo habían forzado a continuar como soldado profesional. El duque de Atenas solicitó los servicios de los almogávares y éstos salieron de Tesalia, Grecia, en la primavera del año 1310. Ésa sería la última aventura de Bernardo como soldado de fortuna, ya que acabó con el asentamiento definitivo de la compañía y la constitución del ducado de Atenas. Bernardo era un comandante o *adalil*, muy prestigioso y conocido como Corazón de Hierro y aureolado de misterio porque algunos aseguraban haber visto saetas y puñales enemigos que resbalaban de modo inexplicable sobre su pecho desnudo. Ante este joven se abría, en Grecia, un futuro de señor feudal que muchos encontraban envidiable. No obstante, a pesar de eso y, sobre todo, a despecho de la tierna trampa que le había puesto, con sus ojos negros como olivas de Calamata, una bella griega discreta y adinerada que se llamaba Krysé, Bernardo abandonó Atenas. Y es que cada noche, antes de dormirse, se ponía a pensar en la Ciudad Condal y en su mar, que se le antojaba el más azul del mundo... Y por las mañanas lo ahogaba la nostalgia.

El viaje desde Grecia había sido muy accidentado. Después de innumerables peripecias, Bernardo incluso cayó en poder de los piratas turcos que infestaban el mar Adriático y, libre de nuevo, había ido a parar a Hungría.

Con la fuerza y el optimismo de un hombre joven que había demostrado su valentía en numerosas ocasiones, Bernardo Corazón de Hierro pensaba que ni todos los mongoles del mundo le impedirían seguir su camino.

Se repetía esto una vez más mientras caminaba río arriba, cuando le llegó el sonido de relinchos de caballo y voces humanas...

Por el mismo camino, pero en dirección opuesta, avanzaba un grupo de hombres que sin duda iban a caballo, y bien armados a juzgar por el tintineo metálico que oía.

Días antes, cuando atravesaba un ventisquero, el caballo de Bernardo se rompió una pata y éste tuvo que matarlo para que los lobos no lo devorasen vivo. Ahora se encontraba, pues, en inferioridad de condiciones respecto a quienes se acercaban, y por eso consideró más prudente esconderse entre las zarzas con sus armas.

Y desde allí los vio surgir, de pronto, cuando giraron en un recodo del camino...

No le extrañó que fuesen mongoles. Pero no esperaba ver a una dama. Una dama bellísima enjaulada como si fuese un animal. ¿Cuál sería su secreto?

5

Bernardo vio que un jinete rechoncho y malcarado que parecía estar al mando —observó que llevaba unas llaves colgando del cinturón— se acercaba a la jaula, metía una mano entre la reja y palpaba a la dama mientras en su cara aparecía una sonrisa lasciva. La dama se apartó como si la hubiese quemado un hierro candente, y maldijo a aquel grosero personaje. Sin embargo, al apartarse había soltado la reja y las sacudidas del carro la derribaron. Entonces, el mongol volvió a meter la mano entre los barrotes, aunque esta vez fue para golpear con rabia a la dama caída.

Al acecho entre las zarzas, Bernardo no tenía, al pronto, ninguna gana de intervenir y retrasar aún más su marcha. Pero desde niño le habían enseñado que debía respetar a las mujeres y protegerlas si era necesario, y lo que acababa de presenciar lo indignaba. Ya tenía la mano en la espada, pero cambió de opinión y cogió la ballesta. Se trataba de un arma de precisión, una joya de artesanía y orfebrería con una imagen grabada que representaba a san Eligio, patrón de la cofradía del gremio de ballesteros de Barcelona.

El comandante mongol alzaba una vez más el látigo contra la dama, que se incorporaba como podía, cuando una saeta se clavó, vibrante, atravesando a un tiempo su mano y el mango del látigo. El hombre profirió un bramido de dolor y sacudió la mano herida, que salpicaba sangre, pero no pudo librarse ni de la saeta ni del látigo, que ahora, con la mano, formaba un todo. Continuaba en la misma posición cuando dos de los jinetes —todos buscaban, enfurecidos, quién y desde dónde había disparado— recibieron simultáneamente dos saetas más disparadas por aquel ballestero velocísimo. Les atravesaron a ambos el brazo derecho a la altura del codo.

Esta vez, no obstante, Bernardo se había delatado en el momento en que disparó.

Uno de los mongoles, que estaba cerca de la jaula, detenida en aquel momento, lo señaló al tiempo que gritaba. A continuación espoleó a su caballo pequeño y nervioso, de color negro brillante, y se apartó de los demás guerreros. Avanzaba recto hacia el almogávar mientras hacía girar una cuerda con la intención de enlazarlo. Pero en el momento en que el jinete llegaba a las zarzas y sus compañeros esperaban ver al intruso ballestero atrapado por el cuello y arrastrado tras el caballo, el almogávar disparó por cuarta vez.

¡La saeta atravesó la mano que hacía girar el lazo!

Mientras el mongol gritaba y su dolor y rabia se

unían a los de los otros heridos, Bernardo se echó ballesta y aljaba a la espalda y se lanzó a su encuentro. Se agachó para aferrar una pierna del jinete, la cual empujó hacia lo alto con todas sus fuerzas, y lo derribó. Luego, con los movimientos tremendamente rápidos que eran naturales en él, el almogávar cogió al caballo por las riendas y lo montó. Entonces hizo girar al animal, que, entre relinchos, se dejó dominar, y se lanzó contra los jinetes que aún se encontraban junto a la jaula. Esta vez, Bernardo había desenvainado la espada y se protegía con el escudo de piel ornado con un par de cabelleras humanas que el desmontado mongol tenía colgado de la silla.

Bernardo había reencontrado en toda su plenitud, y no sin pesar, el vértigo de los enfrentamientos armados y su lógica cruel. Un vértigo de violencia dominado por los golpes, los gritos y el olor de la sangre, que le resultaba tristemente familiar y en medio del cual se movía con gran eficacia, más por los reflejos adquiridos en los muchos combates que por otra cosa. Sólo un pensamiento no lo abandonaba jamás, fruto de las enseñanzas del gran maestre de armas oriental que había tenido en Grecia: sobrevivir y vencer pero sin provocar nunca daños innecesarios.

6

Quedaban suficientes mongoles en condiciones de combatir, pero la insólita carga solitaria de Bernardo los desconcertó durante unos segundos. Por último, uno de los guerreros le salió al encuentro al tiempo que agitaba un cuchillo y profería un espeluznante grito de guerra. Pero el almogávar, al ver que el guerrero era muy joven, casi un adolescente, se limitó a asestarle un golpe en los dientes con el plano de la espada. El muchacho cayó del caballo hacia atrás. Mientras la dama enjaulada lo miraba con ojos desorbitados de admiración, Bernardo avanzó hacia el comandante, que aún luchaba para arrancarse de la mano la saeta y el látigo. El almogávar quería quitarle las llaves que le pendían del cinturón, y que sin duda eran las que abrían las dos puertas de la jaula. Pero un mongol ya lo apuntaba y otro, que llevaba la cara pintada, ponía una flecha en su arco... Bernardo se dijo que se había metido en un aprieto del que corría el riesgo de no salir vivo. El almogávar no llevaba espuelas, pero, por suerte, el caballito mongol obedecía a la sola presión de las rodillas.

Paró una flecha con el escudo y, tras inclinarse sobre la silla hasta casi tocar el suelo, con la espada entre los dientes, arrancó las llaves del cinturón del comandante. De soslayo, vio que el de la cara pintada se disponía a disparar y que difícilmente podría esquivar la flecha. En ese momento, sin embargo, sucedió algo inesperado: una piedra, lanzada de no se sabía dónde ni por quién, golpeó con fuerza al de la cara pintada y le aplastó una oreja. Los mongoles profirieron gritos de sorpresa: ¡había entrado en juego otro intruso! Mientras Bernardo, siempre cabalgando a ras del suelo, cortaba la cincha de la montura del jinete más próximo, que se desplomó, el comandante, enfurecido hasta la locura, chilló algo que debía de ser una orden. Los jinetes que habían quedado junto a la jaula la hicieron girar de inmediato con la intención de alejarse del lugar. Al hacerlo, a causa de la inclinación del terreno, entre otras cosas, el carro se acercó peligrosamente al río Sayo. Una de las ruedas chocó contra una roca cubierta de musgo que sobresalía y, con un grito de angustia de la dama, que volvía a estar aferrada a los barrotes, el vehículo volcó y cayó a la corriente. Bernardo, mientras cortaba una cuerda que pretendía enlazarlo, tuvo tiempo de observar que la dama, a quien por primera vez veía asustada, estaba ya sumergida hasta el cuello en las turbias aguas. La jaula se hundía inevitablemente y arrastraba consigo a los caballos, que relinchaban de terror.

7

Mientras envainaba la espada con rapidez, Bernardo vio que una segunda piedra chocaba con fuerza contra la nariz de otro guerrero, que profirió un gruñido y cayó de lado. Con las llaves en la mano, el almogávar saltó de su caballo al río en el punto en que el agua se arremolinaba sobre la jaula que acababa de desaparecer.

Allí el Sayo era profundo, pero el sol de aquel día de invierno le permitió al almogávar —que sentía el agua como mil cuchilladas de hielo— ver la jaula que descendía hacia un fondo verde oscuro de algas que serpenteaban.

La dama continuaba aferrada a la reja y el aire comenzaba a escapar de sus pulmones en burbujas, porque ya no podía contenerlo por más tiempo, cuando Bernardo logró abrir una de las puertas de la jaula. El carro, al chocar contra el lecho del río —mientras los caballos se debatían inútilmente, casi ahogados—, comenzó a volcar una vez más. A punto de quedar atrapado bajo el vehículo, Bernardo sacó a la prisionera de

la jaula cogiéndola por los rojos cabellos. Con los pies sobre el carro, se impulsó hacia lo alto con todas sus fuerzas y logró llegar a la superficie, arrastrando a la dama consigo. Ambos emergieron, ella medio ahogada y él, que la sujetaba, con los ojos pendientes de lo que les aguardaba en la orilla.

¡Una voz gritó, entonces, detrás de Bernardo!

No comprendió las palabras que le dirigía, pero volvió la cabeza y vio una barca que surgía de entre unos matorrales medio sumergidos. La gobernaba un chico de unos quince años vestido, se dijo Bernardo, como un paje de corte. Llevaba una honda de cuero en la mano derecha, y le hizo señas para indicarle que nadara hacia la barca.

«¡El lanzador de piedras!», se dijo el almogávar. Desde la orilla, los mongoles disparaban flechas que caían al agua como una lluvia asesina.

Bernardo llegó a la barca donde el chico, ahora con una larga pértiga en las manos, intentaba volver a refugiarse entre los matorrales. Dos saetas se clavaron en la madera del esquife mientras, en el agua, Bernardo luchaba por hacer subir a bordo a la dama. El paje lo ayudó, al tiempo que gritaba unas palabras incomprensibles que sin duda estaban destinadas a poner al almogávar en guardia: ¡era fácil que la barca volcase! ¡Cuando la dama ya estaba casi a bordo, Bernardo sintió una punzada en un hombro!

8

—*Köszönöm szepen!* —dijo la dama con los ojos llenos de lágrimas. Y antes de que Bernardo pudiera responderle que no la entendía, lo abrazó y le dio dos besos en la cara. Se encontraban en un cañaveral, una especie de islote del Sayo al que el paje había acercado la barca. Desde allí oían los gritos de rabia de los mongoles, que se habían quedado en la orilla. «¡No tardarán en encontrar la forma de darnos alcance!», pensó el almogávar.

Había creído que la dama estaba ahogada; pero mientras el paje los guiaba hacia el islote, había cubierto la boca de ella con la suya y le había insuflado todo el aire que podía, hasta que ella volvió en sí y comenzó a toser. De momento, al ver al hombre que aún la estrechaba contra su cuerpo, la dama se asustó y lo rechazó con fuerza. Después se dio cuenta de lo que sucedía y lo miró, llorosa, como si se disculpara. Y a continuación había pronunciado aquellas palabras incomprensibles.

—¡Supongo que me dais las gracias, pero no os

comprendo! —respondió Bernardo, sonriente a pesar del dolor que sentía en el hombro.

—*Comprend? Beszel franciaul? Parlez-vous français?*

—Os he hablado en francés —replicó Bernardo en francés—. ¡Es una suerte! ¡Veo que podremos entendernos en este idioma!

La mujer lo contemplaba con ojos admirados y agradecidos; tan bello era su semblante maltratado que Bernardo, que aún tenía en los labios un sabor fresco, como de manzanas ácidas, sintió que algo muy dulce le tocaba el corazón a pesar de su supuesta invulnerabilidad. La dama tenía unos ojos color verde claro que al almogávar le parecieron sencillamente emocionantes, ojos que se alarmaron cuando él retiró la mano de la herida del hombro y se miró los dedos manchados de sangre.

—No es gran cosa. La flecha mongola sólo me ha arañado.

—Soy la condesa Ilona de Sitszeri, ¡y jamás olvidaré lo que habéis hecho!

La dama conocía el valor medicinal de ciertas hierbas, y con rapidez hizo un emplasto, que aplicó sobre la herida a pesar de las protestas del almogávar. Lo vendó luego con un chal de color rosa que sacó de entre las pieles que la cubrían. El paje se ocupó de sacar la barca del agua hasta la mitad para que no se la llevase la corriente. A continuación, se encaminó hacia ellos y le habló a la dama en húngaro, al tiempo que señalaba hacia el punto del que procedían las voces de los mongoles.

—Sándor, mi paje, está inquieto... ¡Teme que aquí estemos en peligro!

—Vuestro paje tiene mucha razón.

Bernardo miró la cara cubierta de pecas bajo los largos cabellos rubios de Sándor, y dio unos golpecitos a la honda que el muchacho llevaba colgando de la cintura, como si lo felicitara por saber utilizarla tan bien. Pero el paje continuaba angustiado, más por su señora, a la que miraba con adoración, que por su propia seguridad, como pudo ver Bernardo.

—Sándor ha estado siguiéndome desde que me escapé del castillo y los mongoles volvieron a capturarme.

—¿El castillo? —preguntó el almogávar; pero en ese mismo momento se oyó un chapoteo repetitivo a poca distancia. ¿Qué estarían preparando los mongoles?

—¡Debemos continuar huyendo! —decidió Bernardo, mientras secaba con gran cuidado su ballesta—. Por ahora, la barca es la única solución. Iremos río abajo con la corriente.

En ese momento se oyó un ruido. ¡Alguien avanzaba entre las cañas del islote! Y de repente aparecieron cuatro fieros mongoles que habían llegado nadando y hecho pie al otro lado de aquel pequeño trozo de tierra.

¡Bernardo desenvainó la espada!

9

Los mongoles, que curiosamente no llevaban armas, se lanzaron a los pies de la condesa, humillándose ante ella mientras intentaban besarle las puntas de las rojas botas de cuero de Rusia. Y mientras lo hacían, le hablaban con voz plañidera, como si quisieran ser perdonados por algo. Bernardo oyó que repetían varias veces una palabra que tal vez fuese un nombre propio: Subutai.

—¿Qué quieren? —preguntó el almogávar.

—Hace tanto tiempo que me fastidian, que ya entiendo su idioma... Éstos vienen a decirme que desaprueban completamente la conducta de Batú, su comandante... ¡El bestia del látigo al que habéis herido con vuestra saeta! Y de ninguna manera quieren que yo los acuse cuando me lleven ante el *noyon*[1] Subutai... ¡Ah, pero ya veo que os dejo perplejo, buen caballero! Tal vez será mejor que comience por el principio.

—Si no os importa, hablaremos mientras bogamos

1. Título de nobleza superior a *bahadur*, pero inferior a *khan*.

río abajo vos, vuestro paje y yo... Estos lobos convertidos en corderos que se queden aquí, si quieren. ¡Y que no intenten seguirnos! Si tanto desaprueban la brutalidad de su comandante, podrían haber hecho algo para defenderos.

En ese momento volvieron a oírse ruidos en el cañaveral... ¡Alguien más se acercaba procedente del otro extremo del islote!

—¡A la barca! —ordenó Bernardo, y los tres subieron a bordo con rapidez.

Apenas se habían alejado cien metros cuando surgieron más mongoles a la vista. Los dirigía el llamado Batú, que por fin se había librado de la flecha y el látigo. Al verlo, los cuatro guerreros que se habían humillado ante la condesa, hicieron otro tanto ante el comandante...

—¡Batú no perdonará su deserción! —dijo la dama—. Es feroz como un tigre.

El almogávar vio que Batú cogía un sable con la mano izquierda, lo hacía girar y brillar al sol como un esgrimista experto. Los cuatro mongoles gimoteaban ante él, suplicantes. Los ataron de pies y manos.

Con el sable, Batú los decapitó uno tras otro.

10

—¡Qué canalla! —exclamó Bernardo.

—¡Tenéis razón! A mí quería verme tan humillada como a los hombres que acaba de asesinar... La idea de devolverme al castillo metida en una jaula fue suya.

Sándor se limitaba a dejar que la barca fuese arrastrada río abajo, y se valía de la pértiga para evitar que encallase en algún banco de arena. El peligro de que los mongoles de Batú les dieran alcance era cada vez más remoto. Sin embargo, avanzaban en dirección exactamente opuesta a la que quería seguir el almogávar, y eso lo contrariaba. Aún empapado, temblaba tanto de frío como la dama y su paje. Bernardo tenía los pies tan helados que estaban insensibles.

—Os debo una explicación, señor caballero...

—Os escucharé. Pero ahora decidle a vuestro paje que procure ganar la otra orilla... ¿Veis aquel boscaje? Será ideal si no encontramos mongoles en él. Es preciso hacer fuego y quitarnos esta ropa mojada.

La condesa Ilona dio las instrucciones pertinentes.

—La corriente es muy fuerte —dijo Sándor—. Haré cuanto pueda.

Bernardo pensó que al chico no le hacía mucha gracia que él tomara decisiones. La condesa comenzó a hablar. Como había afirmado el monje, no todos los mongoles habían regresado a su país después de la muerte de Ogodai Khan. Algunos salieron de Hungría pero, siguiendo las huellas de la Horda de Oro, un formidable ejército mongol, se quedaron en Rusia, en las ricas llanuras de Ucrania. Allí fundaron *ulus*.[1] A los que ahora volvían a invadir Hungría, donde incendiaban pueblecitos, se llevaban a las mujeres, los caballos y todo el botín que podían, los mandaba el *noyon* Subutai.

—Han atravesado los montes Cárpatos... ¡Un buen ejército! Y hace unas semanas, la vanguardia, con el propio Subutai al frente, llegó a mi castillo y le puso cerco. Mucha gente se había refugiado en él huyendo del terror mongol... ¡Son siervos de la gleba pero no quieren ser esclavos! Tradicionalmente, mi familia ha vivido siempre del trabajo de ellos y a cambio los ha defendido. Yo quería hacer lo mismo, resistir a los invasores, luchar...

»Pero el barón Jorthy, mi hermanastro, que siempre me ha tenido envidia y dice, además, que las mujeres deben quedarse en la cocina y no gobernar, ha visto en todo este asunto la ocasión idónea para arrebatarme el poder. Sin que yo lo supiese, comenzó a negociar con

1. En mongol, «territorio» y también «pueblo». A menudo sinónimo de *khanato*.

los enemigos y, en una noche tan negra como su traición, abrió las puertas del castillo para dejarlos entrar... ¡A Subutai en persona y a sus *oerloks*! Es una palabra mongola equivalente a general. ¡Resistimos tanto como nos fue posible, pero al llegar la mañana ya nos habíamos rendido!

La condesa apretó los dientes y Bernardo se dijo que, a pesar de que era una mujer fuerte y enérgica, no podía evitar que los ojos se le llenaran de lágrimas al evocar aquellos acontecimientos. Aquellos ojos verdes podían desviar a cualquier hombre del camino que se había trazado, pensó el almogávar... De todas formas, se prometió que él no se desviaría más de lo que ya lo había hecho.

—Prisionera dentro de mi propio castillo, Jorthy me llevó ante su huésped de honor, Subutai, el caudillo de los invasores. ¡Qué vergüenza! Sólo vi durante un momento, y por curiosidad, a aquel déspota repulsivo. ¿Cómo es posible que la Madre Naturaleza asocie de ese modo a un lobo con un cerdo?... ¡Malditos sean! ¡Los dejé plantados para regresar a mis habitaciones! Más tarde fue a verme el cerdo Jorthy, ¿y a que no sabéis lo que tuvo el cinismo de proponerme?

—No, no... —respondió el almogávar con un dejo de la ironía en que había decidido refugiarse para luchar contra aquella especie de embrujo que, según había advertido, ejercía sobre él la condesa.

—Pues me propuso —siguió ella, indignada— que me casara con Subutai. ¡Al parecer, el maldito *noyon* quiere fundar una dinastía mongol-húngara! ¡Y me ha escogido a mí para ser la reina de su corazón!

«¡Ése sí que ha capitulado ante la magia de tus ojos!», pensó Bernardo.

—¡Naturalmente, antes morir que consentir! Al conocer sus propósitos, y con el temor de verme casada por la fuerza el día menos pensado, decidí fugarme... Sándor, como ya os expliqué, me vio salir del castillo y fue tras de mí. Al pobre le costó mucho reprimir el deseo de atacar a los mongoles del comandante Batú cuando éstos me capturaron, a despecho de la resistencia que les opuse, espada en mano. Sin embargo, mi paje tiene mucho sentido común y pensó que podría ser más útil libre que prisionero, y por eso escapó.

—Y ahora, ¿qué pensáis hacer?

Sándor, entretanto, había logrado acercar hábilmente la barca allí donde quería el almogávar. Pronto llegarían a la orilla boscosa de la cual sobresalía una pequeña elevación.

—Aparte de la gente que se encuentra en el castillo, sé que tengo muchos partidarios escondidos en los bosques. Sobre todo... ¡bueno, ahora no tiene importancia! Tal vez tenga partidarios aquí mismo. ¡Me propongo reunirlos y luchar, todos a una, contra el cerdo y el lobo!

La condesa le tradujo a Sándor lo que acababa de decir, y éste se mostró entusiasmado; en dicho discurso, repitió dos veces una palabra que al almogávar le pareció un nombre propio: Baradla. Al acabar, el muchacho preguntó algo.

—Mi paje quiere saber si queréis uniros a nosotros, caballero.

—No —replicó el almogávar con frialdad.

Ella se quedó sorprendida.

—Quiero regresar a Barcelona, que es mi ciudad... Estoy cansado de guerras.

—Pero ¡si sois un guerrero!

—Un guerrero que no siente afecto ninguno por la guerra, creedme. Las circunstancias de la vida me la impusieron. Mi padre adoptivo, que precisamente murió entre mis brazos guerreando contra los piratas turcos, decía que los hombres no ganan nada con las guerras. Sólo ganan los cuervos y los buitres... ¡O las personas que se parecen a esos pajarracos! Podéis creer que tenía razón, señora, lo he comprobado.

La condesa Ilona no pudo ocultar su decepción al oír aquello; parecía irritada y adoptó un aire altivo. Le tradujo al paje la negativa de Bernardo, y el muchacho lo miró como si pensara: «¡Ya me lo esperaba!». El almogávar permaneció impertérrito.

Tras muchas dificultades, lograron encender una hoguera bajo los árboles, en lo alto de la elevación de terreno, con la esperanza de que el humo no atrajera a los mongoles, y el caballero volvió a hablar.

—No me gusta veros tan desilusionada, señora. ¡Pienso que vuestra causa es justa! Pero no puedo abrazarla. Lo que sí os aseguro es que os acompañaré hasta que encontremos a alguno de vuestros partidarios.

—¡No es menester! —replicó la condesa Ilona, orgullosa—. ¡Podéis partir cuando os acomode!

Bernardo fingió no oírla, al tiempo que hacía una señal al muchacho; entre ambos, levantaron una especie de cortina con ramas y encendieron una segunda hoguera para que la condesa pudiera desvestirse y secar la ropa. Sándor miraba al almogávar con hostilidad, casi con desprecio, y Bernardo, más divertido que molesto por aquella actitud severa que le recordaba su propio talante cuando era adolescente, le dio a entender por gestos que se ocuparía de la primera guardia. Luego se sentó de cara al fuego, con la ropa ya seca, bajo las vagas estrellas del invierno. Con las armas muy cerca de sí y mientras pensaba que al día siguiente sería necesario cazar como fuese un animal para alimentarse, oyó que alguien se acercaba. Se trataba de la condesa, que ya había vuelto a vestirse. Estaba muy hermosa a la luz del fuego. Sus largos cabellos brillaban como cobre animado por la vida.

—Quería deciros una cosa, señor caballero.

—Os escucho.

—Antes he estado poco amable con vos, os ruego que me disculpéis...

Era una mujer orgullosa, y el almogávar percibía el esfuerzo que le significaba decir aquello.

—Como ya os dije, jamás olvidaré lo que habéis hecho por mí.

—No dejéis que esto os robe ni un solo instante de reposo —replicó Bernardo con una sonrisa—. Lo necesitaréis, ya que el día de mañana será muy duro. Buenas noches, señora.

Sándor se movió un poco entre los arbustos antes de dormirse, aunque sin alejarse demasiado de las hogueras en ningún momento.

«¡Me gustaría saber qué diablos hace!», se dijo el almogávar. Por fin, el muchacho se fue a dormir. Y cuando Bernardo lo despertó, se hizo cargo de su turno de guardia sin decir una sola palabra, con el rostro enfurruñado. El almogávar se envolvió en la piel de oso y se tendió de cara a la luna llena, que veía entre el ramaje. Escuchó unos aullidos hasta convencerse de que se trataba de lobos de verdad y no de señales intercambiadas entre los mongoles; se había levantado un viento fuerte y algunas de las llamadas de los animales llegaban desde muy lejos. Una vez resuelto el problema, Bernardo se dijo que debía dormir un poco, «pero sólo con un ojo», decidió.

11

Bajo los árboles, tres jinetes ascendían por la otra ladera de la elevación, a la luz de la luna.

El que abría la marcha, montado sobre un caballo guarnecido de hierro más grande y fuerte que los otros corceles, era un coloso que medía más de dos metros. Llevaba un yelmo, una armadura, una maza erizada de púas de hierro, un escudo y una lanza que medía casi cuatro metros de largo, como las de torneo. Se cubría con una capa de piel de lobo. Lo seguía, a sólo tres metros de distancia, un jinete bien proporcionado y esbelto que no parecía muy alto y llevaba una preciosa armadura de metal oscuro finamente labrada, sin duda inglesa. Lucía una capa de costoso terciopelo negro de Génova y cubría su cabeza la capucha de la misma, ribeteada de piel de armiño, señal de nobleza. De la silla de montar, además de la espada, colgaba una aljaba con flechas y un arco de madera de tejo, de manufactura inglesa. El corcel que montaba el extraño jinete negro —de color blanco, propio de nobles— era delgado y nervioso; uno de los caballos que abundaban en

Hungría y que los mongoles, buenos conocedores de dichos animales, encontraban excelentes para su caballería ligera. Cerraba el singular cortejo que ya llegaba a lo alto de la elevación, cubierta por restos de nieve, un tercer jinete muy curioso: se trataba de un hombre de baja estatura, un enano, podría decirse. Desprovisto de armadura, vestido más bien como un bufón de corte con una máscara de cuero ornada por cascabeles, el enano no llevaba ni espada ni escudo. Sin embargo, en cada manga, del codo hacia arriba, lucía tres puñales envainados, al igual que otros seis en las piernecillas.

Al llegar a la cima, el coloso se detuvo. Dejó que el jinete negro le diera alcance y entonces señaló hacia la otra ladera de la colina.

A doscientos metros de ellos brillaban, muy juntas, dos hogueras: las pertenecientes al campamento de Bernardo Corazón de Hierro y la dama a quien había decidido acompañar.

El enano de los puñales se acercó aún más al jinete negro con un ligero tintinear de cascabeles, y le dirigió una mirada interrogativa mientras su diestra jugaba con las empuñaduras de los puñales del brazo izquierdo. Parecía aguardar una orden del jinete negro para bajar a inspeccionar las hogueras y matar a quien fuese, en caso necesario.

Pero el jinete negro hizo una señal que significaba «¡no tanta impaciencia!», y a continuación dio breves órdenes que el viento nocturno apenas si dejó oír. El coloso y el enano desmontaron de inmediato y buscaron un lugar resguardado del viento, detrás de una gran roca donde crecían setas: un sitio para acampar.

Mientras preparaban un lecho de hierba para el jinete negro, éste comenzó a desmontar. Al hacerlo, le cayó hacia atrás la capucha ribeteada de armiño. Quedó al descubierto un insólito yelmo de guerrero. Era una máscara de hierro finamente labrada, también negra, y que representaba una cabeza de pantera.

12

Un delicioso aroma a carne asada a la leña con hierbas aromáticas llegó hasta la condesa Ilona y la despertó. Dado que se había ido a dormir sin cenar, por un instante la dama pensó que estaba soñando.

—¡A desayunar, señora! —dijo Sándor desde detrás de la enramada que hacía las veces de cortina para su dueña—. Anoche armé unas trampas, ¡y hemos cazado cuatro conejos!

Al salir el sol, Bernardo, fingiéndose dormido, siguió los movimientos del muchacho en torno a las brasas de la hoguera. Ahora se le acercó y el paje le ofreció un trozo de conejo con gesto magnánimo, como si dijera: «¡No te lo mereces, pero toma!». El almogávar lo recibió de buena gana porque el día anterior había agotado las provisiones de carne seca que llevaba en el zurrón.

Después de desayunar, Bernardo observó que la condesa miraba en diferentes direcciones como si intentara orientarse. Parecía decepcionada.

—Había pensado que aquí encontraría a... ¡Quiero

decir, a algunos de los míos! Están habituados a refugiarse en los bosques cuando hay guerra... Pero ¡no hay nadie!

—Por suerte, tampoco hay mongoles. ¿Qué queréis hacer ahora, señora?

—Ya he atravesado antes estos bosques... Me parece que podré orientarme un poco. Tengo la impresión de que el torreón de Gyálog no se encuentra lejos de aquí.

—¿Gyálog?

—Sí, es uno de los preceptores que nombró mi padre para mí, un hombre sabio y bueno. Sándor y yo podríamos alojarnos con él, y vos podríais continuar camino, señor caballero.

13

Hacía un buen rato que caminaban sin incidentes cuando la condesa, que había suavizado su actitud, dijo:

—No he errado el camino. ¿Veis aquellas rocas verdosas? Detrás de ellas tengo unas almas, unos siervos, quiero decir, en una de mis aldeas... que se encuentra a medio kilómetro del torreón de Gyálog. Ojalá podamos llegar sin que nos ataquen los mongoles.

La condesa parecía angustiada, nerviosa, y para distraerla y ayudarla a pasar el tiempo de modo agradable, teniendo en cuenta que mostraba una mayor amabilidad, Bernardo le preguntó si le gustaban los trovadores. Ella respondió que sí, que en vida de su padre acudían a menudo al castillo. Entonces, el almogávar le habló de Guillem de Cabestany, y cuando le contó que había sido asesinado por un marido celoso, uno de aquellos que tanto temían a los trovadores inclinados a poner los ojos sobre damas que otros habían escogido ya (damas distinguidas, muy diferentes de las que solían estar al alcance de cualquiera en matrimonios concertados por los padres, por ejemplo), cuando se lo explicó, ella enrojeció hasta la raíz del cabello. En ese momento el almogávar la encontró «deliciosa» (fue la palabra que le vino a la mente), pero de inmediato se recriminó aquella actitud; sólo le faltaba enternecerse con aquella dama, poner a su servicio las artes de guerra en que era maestro y perder más tiempo aún... Pero para ver sonrojarse una vez más aquel rostro tan bello, le habló también de Guillem de Berguedà y evocó su turbulenta vida amorosa... Y obtuvo como recompensa nuevos y «deliciosos» enrojecimientos de aquella piel tan blanca y fina.

¿Era doncella? ¿Estaba o había estado casada? No se atrevió a preguntárselo.

«¡Basta! —se dijo. Todo eso que a él le parecía tan inocente, le había hecho experimentar un repentino deseo de abrazarla y protegerla—. ¡Basta y basta!»

Ella también quiso mostrarle sus conocimientos y citó lecturas realizadas precisamente gracias al preceptor que ahora iban a ver. Le gustaba mucho una cosa que no hacía muchos años que existía: los relatos que llamaban «novelas». La había impresionado mucho una trilogía de dichas novelas: *Lancelot*, *La búsqueda del Santo Grial*, *Muerte de Arturo*...

«Es realmente adorable... ¡También yo las he leído y me gustan mucho! Esta mujer es sencillamente la más...»

Por fortuna, ella interrumpió los entusiasmos de Bernardo.

—¡Es allí! —exclamó—. ¡Ya falta muy poco para llegar a la aldea de mis siervos!

14

El jinete negro de la cabeza de pantera, el coloso y el enano de los puñales habían llegado al campamento que acababan de dejar Corazón de Hierro y sus acompañantes. Las hogueras, si bien cubiertas de tierra, aún humeaban un poco. El coloso y el enano examinaban, sin duda por curiosidad ya que no manifestaban demasiado interés, las huellas y otras marcas dejadas por los ocupantes del campamento. Las ramas, dispuestas en forma de cortina, intrigaron al enano durante unos momentos, pero, al fin, se volvió hacia el jinete negro que aguardaba, inmóvil. Como si fuese mudo, hizo con las manos unos gestos que indicaban formas femeninas, para después continuar con otros que significaban la presencia de un hombre alto y fuerte, de buen peso (como podía verse en las huellas de las abarcas sobre la tierra húmeda), y, por último, un adolescente. La mímica del enano dio a entender luego que viajaban sin caballos y marchaban en la misma dirección que seguían ellos.

El jinete negro de la cabeza de pantera asintió en silencio.

El coloso se había alejado un poco como si siguiese una pista, y el jinete negro se encaminó hacia él bajo los árboles del boscaje, para detenerse de súbito. Saltó del caballo y se agachó para coger algo que gemía débilmente en el suelo.

El jinete negro, satisfecho, lo alzó como quien recoge a un bebé. Se trataba de un osezno de pocas semanas. Y había comenzado a acariciarlo cuando el coloso apareció corriendo.

—¡No! ¡No! —gritó en mongol—. ¡Dejadlo! He seguido el rastro de la madre... ¡Todavía está fresco! ¡El agua no ha acabado de llenar aún las huellas que ha dejado en el fango! ¡La osa está muy cerca!

—¡Calla! —gritó el jinete negro, también en mongol—. ¿Acaso no habíamos quedado en que somos viajeros europeos? ¡Ni una sola palabra más!

Acababa de decir esto cuando se oyó un ruido de ramas partidas, y surgió una bestia formidable de pelaje amarronado, que se alzó sobre las patas traseras y se lanzó, con los colmillos y las garras dispuestos, hacia el jinete de cabeza de pantera que aún tenía al osezno entre los brazos.

El coloso, sin dudarlo ni un segundo, saltó de su caballo, que se encabritaba de terror, e interpuso su corpachón imponente entre el jinete negro y la fiera, al tiempo que desenvainaba un gran cuchillo.

Con el puño izquierdo, el hombretón asestó un tremendo golpe al hocico de la osa, un punto muy sensible, y el animal rugió de dolor. El hombre se disponía a clavar una cuchillada en el corazón del plantígrado, pero la fiera, un instante desconcertada, se rehízo y le dio un zarpazo tan violento que levantó al coloso del suelo y lo estrelló contra un árbol. Babeando de furia, la osa se tiró a la yugular del hombre caído, pero el enano, con un salto de acróbata, salió disparado de entre unos arbustos y lanzó con gran celeridad tres puñales, uno tras otro, que se clavaron en el oso. Aullando de dolor, la pobre bestia intentó alcanzarlo, pero el enano dio dos volteretas vertiginosas y escapó, no sin lanzarle antes un cuarto puñal, que atravesó una pata de la fiera. La osa, al ver que el jinete negro había soltado al osezno, optó por recogerlo por la piel del cuello y batirse en retirada, gimiendo a causa de las heridas.

El coloso no se había hecho mucho daño al caer, así que se levantó entre grandes carcajadas y abrazó al enano, que le había salvado la vida. Lo cogió en brazos, lo lanzó al aire y lo cogió dos o tres veces. El enano reía como loco. Pero se puso de manifiesto que no podía hablar: era mudo.

El jinete negro asistió a la escena con comprensión ante tanta alegría, pero sacudiendo la cabeza de pantera con impaciencia. Por fin se acercó a los dos hombres.

—¡Basta de risas! —les dijo en voz baja—. Que nadie nos oiga decir ni una sola palabra en mongol. ¡Podría comprometer la importantísima misión que hemos venido a cumplir entre estos bárbaros húngaros!

15

Corazón de Hierro y sus acompañantes llegaron pronto a la aldea. O a lo que de ella quedaba. Sin duda la habían incendiado hacía varios días, y sólo encontraron ruinas calcinadas, algunas todavía humeantes. No se veían muertos. Si alguien había podido huir, a buen seguro regresó cuando ya había pasado el peligro para retirar los cadáveres y enterrarlos. Había un perro esquelético entre los restos de la aldea, pero no se movió siquiera al acercarse el almogávar y los demás. De vez en cuando alzaba la cabeza y profería un largo aullido.

—¡Oh, Dios mío! ¡Malditos bárbaros mongoles! —exclamó la condesa.

—Maldita guerra —intervino Corazón de Hierro—. No son sólo los mongoles... ¡Somos todos!

—Pero ¡nosotros no hacemos lo que hacen ellos!

—Aquí no... Aquí son ellos los invasores, pero...

Lo interrumpió un grito escalofriante.

Un hombre que había surgido de entre las ruinas les cerraba el paso. Debía de haber estado oculto en un subterráneo. Era alto y fuerte, y como muchos campesinos llevaba la ropa de tela de saco deshilachada y medio quemada, al igual que una buena parte del cabello y la barba. Lo que restaba estaba erizado. Sujetaba una jabalina, y le caía espuma de la boca mientras gritaba:

—¡Os mataré, mongoles! ¡Os mataré!

—Nos toma por mongoles —dijo la condesa.

Sándor se situó delante de ella con la honda en una mano, y le hizo un gesto al hombre para que no avanzara un paso más mientras buscaba una piedra con los ojos. El hombre de la jabalina llegaba a paso de carga mientras agitaba el arma, y Bernardo le salió al encuentro con la espada desnuda. Sólo se proponía desarmar al campesino, que, obviamente, se había vuelto loco a causa de lo sucedido en la aldea.

—¡No somos mongoles! —gritó la condesa—. ¡Soy vuestra condesa Ilona! ¿Acaso no me has visto nunca, bergante? ¡Arrodíllate ante mí!

El hombre se detuvo al ver que el almogávar avanzaba con paso decidido hacia él. Por un momento, pareció que la vista de la espada lo asustaba y estaba a punto de dejar caer la jabalina. Además, ¿cómo podía un siervo osar ni siquiera contrariar a un caballero? De repente, sin embargo, volvió a alzar el brazo y lanzó la jabalina, cuya afilada punta brilló al sol mientras volaba directamente hacia el corazón del almogávar. La condesa profirió un grito. Sándor hacía girar la honda por encima de la cabeza.

La jabalina chocó contra el pecho de Bernardo y la

condesa cerró los ojos. Cuando los abrió otra vez, vio que el almogávar, de pie, sujetaba al campesino, al que la piedra lanzada por Sándor había dejado sin sentido y al que él cogió para evitar que cayera. La jabalina estaba en el suelo, y su punta aún brillaba. No estaba manchada de sangre. En cambio, tenía la punta torcida.

—Pe-pero... ¿cómo es posible? —preguntó la condesa al tiempo que se persignaba—. ¡No estáis muerto!

—Ni tengo intención de estarlo, por ahora —replicó el almogávar con una sonrisa.

—Pero... ¿cómo lo consigue? —Sándor estaba tan intrigado como su señora—. No lleva cota de malla... ¡La jabalina le ha rebotado en el pecho!

—¡Mi paje dice que ha visto cómo la jabalina rebotaba contra vuestro pecho!

—¿Está seguro...? —replicó el almogávar, sonriente—. No es algo posible. O quizá se deba a que la jabalina estaba completamente oxidada.

—¿Esto está oxidado?

La condesa había recogido el arma y la hacía brillar al sol, con lo que se veía que estaba muy afilada.

—¡Lo que está es torcida, señor caballero!

—Bueno... no hablemos más del tema. ¿No decís que vuestro preceptor vive por aquí?

Tras dejar al campesino inconsciente sobre la hierba para que se recuperase, se encaminaron hacia la salida de la aldea. El almogávar marchaba en silencio. No entendía lo que hablaban la condesa y Sándor, con tono tan exaltado, pero podía imaginárselo. Ella volvió a persignarse, atónita ante el prodigio que acababa de presenciar.

Sobre unas rocas medio cubiertas de arbustos que las heladas habían marchitado, se alzaba el torreón de Gyálog. Se trataba de una construcción muy sólida, aunque presentaba grietas de consideración mal disimuladas por unas capas de hiedra quemada por el invierno.

—¡Dios mío! —exclamó la condesa—. ¡Espero que los mongoles no hayan asesinado al buen Gyálog!

16

—¡Gyálog! ¡Gyálog! —gritó la condesa Ilona, al pie del torreón.

Sólo le respondieron el eco y el graznar de unos cuervos que anidaban bajo el alero de la edificación.

—La puerta está entreabierta... ¡Esperad aquí, señora!

En cuanto Corazón de Hierro entró en el torreón, Sándor estalló.

—¡Señora! ¿Por qué permitís que ese extranjero os hable con tono tan imperioso? ¡Ha dicho que no desea ayudaros!

La condesa miró a Sándor con una sonrisa maliciosa.

—¡Calma! —replicó—. ¿Qué está haciendo en estos momentos sino ayudarnos? ¡Te he dicho muchas veces que has de ser menos impulsivo y un poco más astuto!

Entretanto, Corazón de Hierro había entrado en una planta baja circular que ocupaba toda la base de la torre. Desde allí arrancaba una escalera de caracol por la que podía subirse al primer piso. Gracias a dos ventanas cubiertas por el típico papel engrasado, lo bastante transparente para dejar entrar la luz del día, no se estaba a oscuras. La condesa y el paje también entraron.

—¡Gyálog! —volvió a llamar ella. Nadie respondió. Fue hacia la escalera con la intención de subir. Pero en cuanto pisó el primer escalón, se oyó un ruido metálico y una reja cayó desde lo alto para impedir el acceso a los escalones superiores.

—¡Salgamos de aquí! —ordenó Corazón de Hierro; pero era ya demasiado tarde: unas rejas del mismo tipo, aparecidas de modo tan repentino como la primera, acababan de obturar la salida por la puerta o las ventanas.

—¡Hemos caído en una buena trampa, señora!

—¡Oh, Dios mío! ¡Gyálog debe de haber ideado estas rejas para protegerse de los mongoles o de algún otro enemigo! Hay mucha gente que no lo aprecia, ¿sabéis?... El obispo Ferencz lo acusaba de ser alquimista y brujo y de rendir culto al diablo, él, que es tan buena persona. En cambio, el obispo György...

—¡Un momento! —pidió el almogávar—. ¡Silencio, por favor!

Los tres se pusieron a escuchar atentamente. Se oyó un silbido muy leve y de inmediato percibieron olor a hierbas quemadas... ¡Desde las losas que cubrían el suelo comenzaba a ascender un humo rojizo!

Fue Sándor, boquiabierto de sorpresa, el primero que comenzó a toser.

Corazón de Hierro intentó separar los barrotes con

la espada a fin de huir por una ventana. Éstos no se movieron ni un milímetro. Ahora los tres tosían sin parar mientras el humo ascendía más y más. El papel engrasado quedaba tan lejos de la reja que no podían agujerearlo para dejar pasar el aire del exterior.

«¡Este Gyálog quiere ahogarnos como si fuéramos ratas!», pensó el almogávar mientras tosía cada vez más. Empezaba a sentir una especie de mareo extraño.

17

En aquel mismo momento, después de atravesar la aldea destruida por los mongoles, el jinete negro de cabeza de pantera, el coloso y el enano se encontraban sobre unas rocas basálticas que no estaban muy lejos del torreón de Gyálog.

El jinete negro consultaba un pergamino donde habían trazado un plano.

—¡Debemos de estar muy cerca del torreón de ese tal Gyálog! —les dijo en voz baja, en mongol, a sus acompañantes—. ¿Estará vivo todavía? Hace muchos años que mi abuelo, el Gran Khan, lo conoció después de la batalla del río Sayo... ¡Ambos eran casi niños aún!

Se quedó pensativo durante unos instantes.

—Vamos a ver si lo encontramos —decidió.

Poco después vieron el torreón. Comenzaban a bajar por las rocas cuando el coloso, que iba en cabeza, se detuvo de modo repentino. Alzó una mano para pedir silencio.

—¡Desmontemos y escondámonos entre las rocas!

—ordenó casi de inmediato el jinete negro—. ¡Se acerca mucha gente a caballo!

Una tropa de hombres de armas, a pie y montados, se encaminaban hacia el torreón. ¡Los conducía el comandante Batú!

—Son mongoles como nosotros —murmuró el jinete negro mientras acechaban entre las rocas y los arbustos—. Pero recordad que por ahora no deben descubrirnos. ¡Qué casualidad! Estos parajes son bastante solitarios... ¿Qué demonios están buscando por aquí?

18

En la planta baja circular del torreón donde flotaba el humo rojizo, yacían tres cuerpos inanimados. Eran los de Bernardo Corazón de Hierro, la condesa Ilona y su paje Sándor. En lo alto se oyó un estampido metálico y se alzó la reja que impedía el acceso a la escalera. A continuación, procedente de la planta superior del torreón, entró un personaje muy singular. Se trataba de un anciano vigoroso de largos cabellos y barba blancos, vestido como un monje pero con pesadas botas. Llevaba un chal de seda roja empapado en algún líquido desconocido y que le tapaba nariz y boca. En las manos sostenía cuerdas de las que utilizaban los mongoles para enlazar a sus enemigos. De la espalda le colgaba un respetable *yatagan*[1] envainado.

—¡Oh, no! Pero ¿qué he hecho? ¿Qué he hecho? —exclamó con la voz amortiguada por aquella especie de mordaza—. Pero ¡si es Ilona! ¡Si es mi pequeña!

1. Nombre turco de un sable que usaban turcos y árabes.

Fue hacia la puerta, alzó la reja y abrió de par en par para ventilar. Luego se dejó caer de rodillas junto a la dama y con gestos torpes intentó disipar el humo que aún la envolvía.

—¡Qué estúpido soy! Tendría que haber mirado quién acababa de entrar antes de ponerme a tocar resortes secretos. Pero ¡es que últimamente han pasado tantas cosas, con el regreso de los mongoles al país! ¡Soy un viejo estúpido, pequeña! ¡Perdóname, perdóname!

La dama abrió los ojos y parpadeó como si estuviese deslumbrada. Las rejas habían desaparecido en su totalidad.

—No temas, Ilona. Estas hierbas, al quemarse, sólo producen un estado cataléptico momentáneo...

—Un... ¿qué?

—Los efectos duran justo el tiempo necesario para poder atar a los intrusos.

Sándor también abrió los ojos y comenzó a moverse. El almogávar ya se levantaba con la mano en el puño de la espada y procuraba despertarse totalmente con rapidez. La actitud del anciano lo tranquilizó de inmediato. Gyálog ya se quitaba la mordaza.

—¡Gyálog! ¡Qué contenta estoy de veros!

—¡Eres demasiado buena, niña mía! ¡Siempre has sido demasiado buena! Gyálog no se merece tanto... ¡Mira que hacerte esto!

Nuevamente de pie, el amo del torreón parecía confuso e indeciso. Se había puesto rojo como un tomate mientras avanzaba unos pasos para luego retroceder. A cada paso se pisaba los faldones demasiado largos de la túnica, y casi perdía el equilibrio.

—¡No digáis eso, querido maestro! Necesito vuestro consuelo. He perdido mi castillo. ¡Jorthy, mi hermanastro, se lo ha entregado a los mongoles! He acudido a vuestra morada en busca de consejo y refugio.

—¡Ya sabes que cuanto poseo es tuyo! ¿Quiénes son estos que te acompañan?

—Sándor es mi paje... Y éste es un caballero que... Bueno, que ha insistido en acompañarme, aunque ahora podrá marcharse y continuar su camino hacia la península Ibérica...

—Dicen que es un bello país... ¡En cualquier caso, sus habitantes tienen fama de fabricar armas de calidad!

—El caballero me ha dicho que en realidad se dirige a una ciudad llamada Barcelona.

—¡También he oído hablar de ella! Allí hablan catalán... He leído un libro en catalán, lengua que emana del latín... Se titula *La Retòrica Nova* y el autor es un tal Ramon Llull. Los catalanes son conocidos por su sentido común, pero al parecer son terribles cuando se encolerizan... ¡Me han dicho que sus soldados, cuando les asesinaron a un caudillo en Grecia, tomaron fiera venganza!

Al oír mentar a Ramon Llull, nombre que conocía bien (en una ocasión, cuando estaba en Mallorca, incluso había visto a aquel hombre eminente en una recepción), Corazón de Hierro habló a Gyálog en latín, y ambos intercambiaron algunas frases de cortesía.

—¡Ilona, tienes un amigo sorprendente! Pero ¡salgamos de aquí, niña mía, que aún quedan vapores mefíticos!

El anciano hizo una señal para que todos lo siguiesen hacia la puerta, y avanzó hacia ella pisándose los faldones.

—¡Ay, buen Gyálog, tengo que arreglaros esta vestidura! —dijo la condesa.

—¿Qué vestidura? —inquirió el amo del torreón, visiblemente distraído.

La condesa, que bajo la influencia del humo aún se movía con dificultad, se apoyó confiadamente en el almogávar al tiempo que rehusaba hacerlo en su paje, a quien ese hecho no le gustó nada. Al sujetarla para que no cayera, el caballero percibió el perfume turbador de aquellos cabellos de fuego.

—Señor caballero, le he comentado a Gyálog que ya podéis partir... ¡Que quedáis libre de mí!

Le sonreía al tiempo que lo miraba de reojo, con una sonrisa que a él le pareció insolentemente burlona... Aunque, a la vez, «tentadora», pensó. «¡Es una bruja, no cabe duda! Márchate, Bernardo. ¡Esta sonrisa tentadora puede ser la sonrisa de "La Belle Dame sans merci"!»[1]

1. La bella dama sin piedad: representación idealizada (por la pintura prerrafaelita, por ejemplo) de la muerte.

Llegaron a la puerta, pero, antes de que pudiesen franquearla, alguien procedente del exterior se plantó en la linde al tiempo que profería una carcajada sarcástica.

¡Era el comandante Batú!

19

¡Corazón de Hierro desenvainó su espada de inmediato!

Con un grito de guerra ensordecedor, el comandante Batú arremetía contra él... ¡No lo detenía en absoluto el hecho de llevar la mano vendada! Cuando el mongol hizo de verdugo de sus propios hombres, el almogávar ya había visto con qué facilidad continuaba manejando el sable.

Ahora paró un golpe descendente de Batú y respondió de manera fulminante, pero el mongol retiró la cabeza y la espada chocó de refilón contra su casco, del que saltaron chispas.

Había más mongoles dispuestos a entrar en el torreón, y cuando Gyálog intentó volver a bajar las rejas, un mongol gigantesco se lanzó hacia él, lo cogió por el cuello y lo alzó en el aire. ¡El anciano sólo pudo patalear, impotente! Sándor, que quiso proteger con su cuerpo a la condesa, recibió un trompazo de un guerrero y fue a parar contra una pared.

Mientras asestaba un golpe tras otro y mantenía a

raya al comandante, que cada vez estaba más furioso, Corazón de Hierro se dijo que la situación sólo tenía una salida, aunque muy desesperada. Se trataba precisamente de... ¡salir! Para hacerlo, era necesario engañar a Batú. Había que aumentar el ritmo de los golpes para apartarse luego, de modo súbito, y saltar a través de una de las ventanas. Atravesaría con facilidad maderas y papel engrasado, y se hallaría fuera del torreón... Claro que allí habría, sin duda, más mongoles al acecho, pero tal vez podría huir. El almogávar no pensaba abandonar a la condesa... («¡Un hombre no puede hacer eso!», se excusó a sí mismo por no hacer lo que tendría que haber hecho: seguir su camino.) Se trataba, ante todo, de no caer prisionero, de escapar de momento... Después regresaría para volver a liberarla. Y entonces sí, se dijo, entonces la dejaría, intentó convencerse. ¡Y por fin continuaría su viaje!

Batú estaba cada vez más rabioso, arrinconado contra una pared, y muy cerca había una ventana... El almogávar abandonó de repente su tenaz ataque y saltó de lado hacia la misma. Ya se veía libre...

Pero ¡cuando saltaba, un lazo lo cazó al vuelo! Y otros dos lazos cayeron sobre él. ¡Los mongoles que habían entrado en el torreón no perdían el tiempo!

Con un bramido de victoria, el comandante Batú comenzó a dar puntapiés al almogávar caído, y Bernardo oyó que Gyálog protestaba a gritos... A continuación, lo arrastraron brutalmente al exterior.

Triunfante, Batú se volvió hacia la condesa, que dos mongoles habían atrapado.

—¡Volverás a la jaula ahora mismo... mujer! —declaró, como si esta última palabra fuese un insulto.

Fuera, los mongoles arrastraban a Corazón de Hierro por la tierra helada que se extendía ante el torreón.

—¡Parad! —gritó Batú—. No quiero que muera... ¡No quiero que se destroce la cabeza contra una piedra y muera con tanta facilidad! ¡Traed cuatro caballos, de inmediato!

Al comprender las intenciones de su comandante, los mongoles profirieron gritos de aprobación y carcajadas.

Al cabo de poco, el almogávar se encontró entre los cuatro caballos. Estaba atado por una extremidad a cada uno de ellos... ¡Cuando los caballos se lanzaran a correr, cada uno hacia un punto cardinal diferente, lo descuartizarían!

—¡Te está bien empleado! —gritó Sándor, atado de pies a cabeza, con rencor—. ¡Por haber querido huir y abandonar a la señora! ¡Cobarde!

Corazón de Hierro no lo entendió, claro está, aunque supuso el sentido de lo que decía el muchacho. Naturalmente, no podía defenderse con ningún argumento inteligible para el otro.

20

Cuando estudiaba en París, Bernardo había visto aplicar el suplicio que ahora estaba a punto de sufrir a un hombre que había intentado atentar contra el rey de Francia; el suplicio tuvo lugar en una plaza pública para que sirviese de escarmiento a todo el mundo...

Ahora, de espaldas a la tierra helada y mientras intentaba en vano librarse de las correas que lo sujetaban, el almogávar revivió aquella escena vergonzosa. Volvió a ver los cuatro percherones que piafaban de impaciencia (como los caballos que en ese mismo momento aguardaban que el comandante Batú hiciese restallar el látigo para lanzarlos al galope), y arrancando de pronto hacia los cuatro puntos cardinales... El regicida fracasado era un joven campesino muy fuerte y resistió el primer tirón de las bestias. Pero con el segundo le arrancaron un brazo y una pierna y la sangre brotó como si la impulsaran surtidores, entre alaridos espeluznantes. Al cabo de poco, sobre la plaza no quedó nada más que la cabeza y el tronco de la víctima. No murió hasta que el verdugo se dignó darle el golpe de

gracia, momento en que surgieron quejas entre el público, de algunas personas que se lamentaban porque se acababa la diversión. Sin embargo, otras, indignadas por tanta barbarie, se atrevieron a refunfuñar (Bernardo entre ellas). Pero no muy alto... En aquellos casos, la policía del rey tenía orden de azotar a los que protestaban contra el castigo infligido. Y algunos de aquellos protestones habían acabado atados a una rueda de suplicio y muertos a golpes de garrote (de allí venía la expresión francesa «rodado a golpes»).

Ante el torreón de Gyálog se había hecho un profundo silencio. Empapado en sudor frío, y no sólo a causa del suelo helado, el almogávar estaba inmóvil. Vio cómo el comandante Batú, que lo miraba con una sonrisa sardónica, alzaba lentamente la mano izquierda con la que sujetaba el látigo: ¡un restallar del mismo, y los cuatro caballos se pondrían en movimiento!

Ya hacía tiempo que Corazón de Hierro estaba preparado para morir. «¡No regresaré nunca a Barcelona!», se dijo. Apretó los dientes con fuerza mientras pensaba que sería inútil, que nada podría evitar que lo hiciese gritar el terrible dolor. Resignado, clavó los ojos en el cielo azul invernal del último día de su vida.

Pero cuando Batú estaba a punto de hacer restallar el látigo, se oyó un grito autoritario, una orden que sin duda fue dada en mongol por una voz de resonancia metálica. El almogávar oyó varios «aaah» y «ooooh» de los presentes... Y un nuevo jinete entró en su campo de visión. Llevaba una armadura oscura y una capa negra ribeteada de armiño cuya capucha le cubría el yelmo. El jinete negro tendía ante sí la mano derecha, larga y fina, como si les mostrase algo a los presentes, sobre todo a Batú. El comandante, furibundo, miraba al recién llegado, al que ya apuntaban muchas armas. Y entonces, cuando ya iba a hacer restallar el látigo, Batú vio el anillo. Los demás también lo habían visto y comenzaban a hacer reverencias al jinete negro. ¡Ni la condesa, ni Gyálog ni Sándor entendían nada de lo que sucedía!

—¡Lleva la *païza* del Gran Khan! ¡Lleva la *païza* del Gran Khan! —comenzaron a murmurar los mongoles. La condesa sabía suficiente mongol para entender la palabra *païza*. Significaba «sello».

¡El jinete que acababa de irrumpir allí y había salvado la vida de Corazón de Hierro, el jinete al que ahora se habían unido otros dos, un hombretón y un enano, debía de ser un enviado del Gran Khan de Karakorum, venido de la lejana Mongolia!

21

El comandante Batú saltó del caballo y se arrodilló ante el jinete negro.

—¡Corta de inmediato las ataduras de este hombre que ibais a descuartizar! —ordenó contundente el comandante.

—Pero, excelencia... —murmuró Batú—. ¡Es un enemigo! ¡Ha herido a muchos de los nuestros!

—¡Haz lo que te ordeno!

Mientras Batú, espumajeando de rabia, dejaba en libertad al almogávar, que lo miraba con aire irónico, el jinete negro contempló a los presentes.

—¿Quién de vosotros es Gyálog el alquimista? —preguntó en húngaro chapurreado.

—Yo soy, señor —respondió el anciano que se hallaba junto a la condesa y a Sándor.

—Maestro Gyálog, os traigo saludos del Gran Khan, mi señor. Os conocisteis cuando erais adolescentes, y fuisteis amigos a pesar de que la locura bélica de los adultos os separaba.

—Ah, sí... Recuerdo a un chiquillo como también

yo lo era entonces... El hijo de un *bahadur*.[1] Pero ¿cómo podía yo imaginar que un día llegaría a ser Gran Khan de Mongolia?

Corazón de Hierro, que se había acercado, tendió la diestra hacia el jinete negro y le dijo una palabra húngara que sabía:

—*Köszönöm*... Gracias.

La mano del jinete negro parecía de seda fría. «¡Un señorito!», se dijo el almogávar.

El caballo del enviado del Gran Khan, tal vez asustado por la proximidad de Corazón de Hierro, estuvo a punto de encabritarse. Y el movimiento hizo caer hacia atrás la capucha del jinete negro, que dejó al descubierto el yelmo en forma de cabeza de pantera. Otro «¡oooooh!» de admiración recorrió a los presentes.

—La misión que hasta aquí me ha traído —dijo el enviado— es la de hacer reinar la voluntad del Gran Khan. Él no quería de ninguna manera que se produjese esta nueva invasión de Hungría. ¡Es un ferviente defensor de la paz mongola que instituyó el glorioso Kubilay Khan! ¡Los mongoles se retirarán de inmediato de esta zona!

Gyálog se lo tradujo todo a la condesa.

—¡Alabado sea Dios! —exclamó la dama al tiempo que se persignaba—. ¡Y que Él bendiga a este extraño guerrero con cabeza de pantera!

—¿Y quién sois vos, señora? —inquirió el jinete negro.

1. Título que ostentaba la nobleza feudal mongola.

Ella se lo dijo. Y también que debido a la traición de su hermanastro Jorthy, su castillo había caído en poder de los invasores que comandaba el *noyon* Subutai.

—Subutai, ¿eh? ¡Es la segunda persona a la que me proponía ver, después del maestro Gyálog! ¿Y decís que ahora se encuentra en vuestro castillo, señora?

—¡Sí, muy en contra de mi voluntad!

—¡Pues allí permanecerá por muy poco tiempo! ¡Pongámonos en marcha! ¡Esta misma noche dormiréis en vuestro hogar!

La condesa le dio aquellas buenas nuevas a Corazón de Hierro.

—¡Estoy tan contenta!

—¡Y yo lo estoy por vos, señora!

—Todo ha acabado bien gracias a este jinete providencial y a su sello. ¡Fijaos! ¡Miran a este personaje con un temor supersticioso! ¿Será a causa del yelmo tan original que lleva?

—Yo creo que se debe más al anillo con el sello del Gran Khan... Significa el poder... ¡Un poder inmenso! ¡El poder que hace soñar a tanta gente! Mirad a Batú... ¡No deja de hacer genuflexiones! Se arrastra como un reptil.

—¡Este miserable! ¡Tengo ganas de devolverle los golpes de látigo! ¡Y de hacerlo meter dentro de la jaula! ¡Se acordará de mí!

—No lo hagáis, señora... Vos valéis infinitamente más que una venganza, que siempre es mezquina. Y él, ni eso se merece...

Cuando la condesa oyó esto, en su rostro antes crispado de odio se dibujó una sonrisa angelical. Le dedicó a Corazón de Hierro una mirada de soslayo que a él le pareció «dulce como la miel»; el almogávar bajó los ojos, ruborizado. Se sentía como un jovencito al que la emoción abruma hasta tal punto que no sabe qué decir. Se rehízo, no obstante, y procuró mostrarse impasible. Por suerte, la condesa volvió a hablar:

—Espero que nos acompañéis al castillo y aceptéis mi hospitalidad, señor caballero... Durante una temporada, al menos.

—Me gustaría —dijo Bernardo. ¿Se engañaba, o la dama decía aquello por puro compromiso? «Una temporada», había especificado, ¡como si fuese necesario! No, no podía ser... Qué ocurriría, pensó, si ahora él le respondía—: Me gustaría, pero pienso continuar hoy mismo mi viaje sin más demora.

La condesa había tenido un preceptor especial para enseñarle el arte de permanecer impasible y no manifestar jamás sus sentimientos en un momento inoportuno. Y ahora se aferró a dichas enseñanzas. Porque no quería que se notase demasiado la satisfacción que sentía al quitarse de encima a aquel triste caballero andante al que ya no necesitaba y que incluso podría tornarse molesto cuando...

—Como queráis, señor caballero. Pero lo siento...

Y le comunicó a Sándor la decisión de Corazón de Hierro.

—¿Que se marcha? ¡Me alegro! ¡Buen viaje!

—¡No seas descarado! Le debemos algo...

—Como queráis, señora, como queráis...

El jinete negro ordenó que trajeran caballos para la dama y su paje. Y al ver que Corazón de Hierro —al que de pronto encontró extrañamente pálido—, se despedía de la condesa y de Gyálog, se acercó y le dirigió unas palabras.

—No quiere que guardéis un recuerdo demasiado malo de los mongoles —tradujo el anciano—. Y por eso os ruega que aceptéis un caballo.

—Puedo pagarlo, si es necesario.

—Podría tomarlo como una desconsideración por vuestra parte. ¡Sobre todo con la cara de disgusto que tenéis ahora, vaya uno a saber por qué! Haced el favor de no ser tan orgulloso y aceptad el caballo.

—¡Seríais un buen diplomático! —dijo Corazón de Hierro con una carcajada.

—Supongo que por eso me hizo buscar el Gran Khan... Y ya veis que me preparó.

—Adiós, maestro Gyálog. Me ha complacido mucho conoceros.

—Buen camino, señor caballero. Y buen regreso a Barcelona.

Ya montado sobre el caballo mongol, Corazón de Hierro hizo una señal de despedida a la que apenas respondió la condesa. ¡Sándor le volvió la espalda de manera ostensible! Bernardo hacía un triste balance de ilusiones perdidas y procuraba serenarse. ¡Encontraba a la condesa más bella que nunca e intuía que el recuerdo de sus ojos verdes lo perseguiría durante largo tiempo! ¡Qué decepción! Intentó pensar en el regreso al hogar, en la alegría que sentiría al encontrarse otra vez en Barcelona... Se aferró a eso para no entristecerse.

Y mientras los otros se encaminaban al castillo, Corazón de Hierro se alejó al galope.

La condesa cabalgaba junto al jinete, del que no se apartaban en ningún momento el hombretón y el enano de los puñales. El jinete relató a la dama algunas incidencias de su viaje desde Karakorum, y de cómo había decidido adoptar para él y sus acompañantes un aspecto europeo a fin de pasar inadvertidos. «¡Amables banalidades! —se dijo la dama—. Pero... ¿Por qué nunca deja ver su rostro? ¿Y por qué no me ha dicho cómo se llama?»

La intuición le decía, sin embargo, que en compañía de aquel personaje podía sentirse segura. ¡Tan segura al menos como con aquel caballero de tan buena fe que parecía estúpido, y que sólo hablaba de regresar a Barcelona! «¡Olvidémosle!», decidió. Y se entregó a la plena alegría de recuperar su castillo y sus tesoros. Sobre todo el inapreciable tesoro del poder político.

En ese momento, Sándor, que se había alejado para inspeccionar la retaguardia de la comitiva, regresó junto a su señora. El paje tenía el semblante blanco.

—¡Señora! —murmuró—. Batú no viene con nosotros... ¡Ha huido! ¡Irá al castillo a avisar a Subutai!

22

Por fin en el camino que se había trazado, Corazón de Hierro decidió cabalgar río arriba hasta que oscureciera. Ahora que el jinete negro con aquella sorprendente cabeza de pantera había llegado para instaurar la paz, confiaba en no tener un mal encuentro. Se esforzaba por estar contento, por sentirse liberado... aunque no lo conseguía enteramente. La condesa Ilona había quedado atrás y posiblemente ya se encontraría en su castillo... Pero ¡quiérase o no, el recuerdo de sus ojos verdes y su cabello de fuego viajaban con Bernardo! Por alguna razón que se le escapaba y le producía irritación contra sí mismo, la ingratitud de la dama, en lugar de hacérsela definitivamente odiosa, hacía más profunda aún la marca que había dejado en él. Claro que no era la primera vez que el almogávar era víctima de aquel tipo de embrujo. Él, un hombre fuerte, forjado en tantos combates y al que incluso rodeaba una leyenda de invulnerabilidad (en la que él prefería no pensar mucho, ya que no podía olvidarla totalmente...), tenía un talón de Aquiles, un punto débil: la belleza de una mujer podía anularlo, dejarlo indefenso. No había en el mundo ni escudo ni armadura que pudiese protegerlo de eso, y menos aún si a la belleza física se aunaban las gracias de un espíritu bondadoso, despierto y cultivado como el que su propia imaginación había atribuido a la condesa, con la exageración propia de los enamorados y la habilidad que éstos tienen para revestir al ser amado con todas aquellas cualidades que necesitan encontrar en dicha persona.

«Sólo puedo huir —se dijo una vez más—. ¡Huir como estoy haciendo!...»

Durante la noche del día siguiente se levantó viento y descendió la temperatura. Bajo una gran luna llena que velaban, de vez en cuando, nubes de plata, el almogávar atravesó un robledal cuyos troncos atenuaban las ráfagas de viento helado. Era hora de acampar, pero se hacía preciso evitar encender una hoguera que siempre atraía a alguien. Lo mejor sería hallar una cueva, como había hecho tantas veces.

Y se dedicaba a buscarla cuando el viento le llevó un rumor de voces muy próximas.

Desmontó y echó a andar con precaución aunque al tiempo con bastante tranquilidad, ya que avanzaba contra el viento. Y así llegó a la linde de un claro muy bien iluminado por la luna.

Una veintena de monjes, armados con picos y palas, trabajaban apresuradamente en medio del calvero. Habían abierto lo que parecía una tumba. Y con gran esfuerzo y ayuda de cuerdas hacían descender algo muy pesado: ¿un ataúd?

Antes de que el objeto desapareciera, Corazón de Hierro logró verlo con claridad. No era un ataúd, sino una especie de cofre o baúl de grandes dimensiones. Cuando el cofre estuvo dentro de la fosa, los monjes recogieron las cuerdas y se pusieron a cubrir el agujero con tierra. Una vez concluida esta última tarea, se arrodillaron y rezaron el rosario.

El almogávar se sintió tentado de marcharse en silencio del lugar. Pero en ese instante uno de los monjes alzó la cabeza hacia la luna. ¡Era el hermano Janos! Corazón de Hierro se acercó entonces al grupo. Al ver al guerrero, se produjo un movimiento de inquietud entre los monjes, pero el hermano Janos los tranquilizó para luego dirigirse al almogávar.

—Has visto lo que estábamos haciendo, ¿verdad?

—¿Os referís a rezar a la luz de la luna? —preguntó Corazón de Hierro, que no deseaba preocuparlo inútilmente.

—¡No sirve de nada hacerse el tonto! Me refiero a si has visto que estábamos enterrando algo en este calvero. ¡Nuestro tesoro!

—Pero ¿acaso vuestra comunidad no ha hecho voto de pobreza?

—¡Claro que sí, señor burlón! Has de saber que nuestro tesoro no es de monedas, como los de algunas personas. Se trata de reliquias sagradas que no queremos ver profanadas por manos extrañas, además de manuscritos de nuestra biblioteca... Hay alguno que tiene más de mil años... ¡Y hemos de legarlos a las generaciones futuras!

El hermano Janos guardó silencio un momento, como si hiciera un esfuerzo por recordar.

—«Tal fue la famosa derrota de Trasimé —recitó luego—, uno de los más memorables desastres sufridos por el pueblo romano. Quince mil romanos muertos en el campo de batalla; diez mil, diseminados por Etruria en el curso de la derrota, llegaron a Roma por caminos diferentes; de los enemigos, dos mil quinientos murieron en el combate; además, muchos de ambos bandos murieron a consecuencia de sus heridas. Otros dicen que las pérdidas de ambas partes fueron mucho mayores...» ¡La guerra, siempre la guerra! ¿Sabes quién escribió eso? Tito Livio, el gran historiador romano, hace más de mil años... ¡Ya ves, continuamos igual, como si las lecciones de la historia no sirviesen de nada! ¡Ya te decía yo que los hombres están locos! Pero tal vez algún día las escucharán... Mientras hay vida, hay esperanza.

—Por lo que se refiere a los que estamos aquí —dijo el almogávar—, tengo el gusto de daros una buena noticia... ¡La guerra ha terminado! Seguramente en este momento los mongoles ya están saliendo de Hungría. Ha llegado un enviado del Gran Khan de Karakorum que ha ordenado que...

El hermano Janos se puso a reír, dio un paso en falso y estuvo a punto de caer al suelo. Lo evitó clavando el palo que le hacía las veces de pierna en un charco de agua casi helada.

—¡Estás atrasado de noticias, muchacho! Uno de nuestros hermanos, que dice misa en el castillo para el traidor barón Jorthy y los suyos, nos ha comunicado esta noche que el caudillo Subutai está muy contento en el castillo de la condesa Ilona... ¿Y sabes por qué? Pues porque nuestra condesa, con quien el mongol pretende formar una dinastía, se le había escapado... ¡Y ha vuelto a capturarla! Y con ella ha apresado también a ese enviado del Gran Khan de quien hablas, un extraño jinete negro con cabeza de pantera... ¡Ya ves, pues, que la guerra continúa! Y como tenemos miedo de que acaben saqueando el monasterio, hemos vuelto a enterrar lo que tenemos de más valioso.

Corazón de Hierro se quedó muy sorprendido. ¡De modo que Subutai había decidido desobedecer al Gran Khan y permanecer en Hungría! El almogávar imaginó la impúdica alegría del comandante Batú... y la desesperación de la condesa.

—Ahora debo pedirte algo... ¡Eh! ¿No me oyes?

El almogávar se había quedado pensativo.

—Excusadme, hermano Janos... Lo que acabáis de decirme me ha disgustado mucho. ¿Qué queréis pedirme?

—Que me des tu palabra de honor de que no revelarás a nadie lo que has visto en este calvero.

—Tenéis mi palabra... Y ahora, decidme, ¿podéis asegurarme que la condesa, el enviado del Gran Khan y los demás se encuentran en este momento en el castillo?

—Según nuestro hermano, la condesa ha asistido a misa... ¡Supongo que el enviado y los otros están en las mazmorras! Y ahora quiero proponerte algo, muchacho... ¿Por qué no nos acompañas y pasas la noche en el monasterio? No hace calor allí, pero al menos pasarás menos frío que a la intemperie. Y te daremos un plato de sopa caliente.

Bernardo tardó unos segundos en responder. El hermano Janos debía imaginar que dudaba en aceptar la hospitalidad de los monjes. Pero en realidad no era eso lo que se debatía en el espíritu del almogávar, sino algo muy diferente: ¿continuaría viaje o ayudaría a la condesa, en su nueva desgracia, a pesar de todo lo que ahora sabía? ¡Ah, volver a verla otra vez, y que no fuese en sueños!

—¡Con el viento que sopla, esa oferta de sopa caliente no hay quien pueda resistirla!

Después de responder con esa frase tan insincera, Corazón de Hierro echó a andar con los monjes en dirección al monasterio, bajo la luz de la luna, y se hizo presentar por el hermano Janos al monje que acudía cada día a decir misa en el castillo. («Se ve que Jorthy ha perdido los principios, aunque conserva las buenas costumbres», se dijo, burlón.) A continuación, le hizo toda una serie de preguntas aparentemente inocuas.

Aquella noche, más tarde, mientras yacía sobre un lecho de paja dentro de una de las celdas del monasterio, Corazón de Hierro tuvo un sueño. Se vio a sí mismo en Barcelona, a la hora del crepúsculo, bajando por la Rambla hacia el mar que tanto añoraba. En la Rambla estaban haciendo obras, pues querían que el agua que siempre bajaba por aquella gran riera pasase por debajo a través de un alcantarillado, cosa que la haría mucho más transitable... y la haría estar más acorde con la frase del alcalde: «¡Barcelona, ponte bella!». Las obras no impedían que hubiese tanta gente como siempre, paseando arriba y abajo. A ambos lados de la riera, en los pequeños puestos de los alfareros o los vendedores del mercado de la Boquería, brillaban lámparas de aceite. Y entre los que aún estaban comprando y vendiendo, había transeúntes e inevitables mirones. Alguna mujer, vestida y maquillada de modo estrafalario, se paseaba entre todos ellos con miradas insinuantes. Los peatones mejor vestidos no apartaban la mano de la bolsa porque decían que a aquella hora había ladrones entrenados desde niños que tendían manos con dedos muy largos.

Mientras caminaba en su sueño y percibía el olor a aceite frito de los vendedores de buñuelos mezclado con el aire salobre procedente del mar, Bernardo, invadido por una dulce emoción, se encontró de pronto en aquel punto de la Rambla donde la autoridad mandaba alzar horcas de vez en cuando. Y de pronto, el almogávar se vio con las manos atadas a la espalda y ante una de aquellas horcas... ¡Y descubrió que el verdugo que iba a colgarlo tenía el rostro odioso del comandante Batú!

23

Por la mañana no salió el sol. Todo permanecía helado bajo un cielo gris. Escondido entre la maleza, a un lado del camino pedregoso que conducía al castillo de la condesa Ilona, el enano de los puñales temblaba de frío. Se acercaba el ruido de cascos y ruedas de una carreta, ruido que había motivado que el enano y el paje (un Sándor con un ojo morado, una herida mal vendada en la frente y la ropa rasgada como si hubiese participado en un combate feroz) se pusieran al acecho de aquella manera.

Apareció una carreta tirada por mulas. La conducía un monje del monasterio que se protegía del frío con la capucha del hábito, que llevaba muy baja. Sin duda iba a decir misa en el castillo. Sobre la carreta, una gran tela de saco cubría algún fardo... La condesa era considerada la benefactora del monasterio, y los monjes la obsequiaban a menudo con miel, frutos secos, huevos de las gallinas que criaban y *tokay*[1] especial, de cuya

1. Vino húngaro.

factura guardaban celosamente el secreto. El recuerdo de la peste que siempre podía volver, y del hambre que era su corolario, les habían creado la obsesión de tener siempre la despensa muy llena, aunque esto no lo hacían los monjes pensando sólo en sí mismos: en tiempos de catástrofe acudía a mendigar a la puerta de la casa de Dios una multitud de trotamundos y campesinos. Y dado que los monjes creían en un Dios proveedor, querían, en su nombre, proveer si era necesario.

El enano de los puñales se volvió a mirar a Sándor y señaló la honda que éste llevaba colgada a la cintura. Después señaló uno de sus puñales.

Sándor hizo girar la honda por encima de su cabeza y lanzó una piedra. Golpeó contra la capucha del monje, que cayó de la carreta. El enano salió como rebotado de entre los arbustos y dando volteretas fue a parar junto al monje, que, medio inconsciente, intentaba levantarse. El enano lo sujetó por el cuello con la intención de herirlo con un puñal. Pero, estupefacto, el hombrecillo vio cómo la afiladísima hoja parecía resbalar sobre el pecho de aquel extraño eclesiástico. No acababa aquí su sorpresa: ¡la diestra del supuesto monje se alzó con brutalidad del suelo para asestarle un puñetazo que lanzó al enano rodando con un estrépito de cascabeles! El hombrecillo quedó inerte. Boquiabierto, Sándor vio que la capucha monacal había caído y dejado al descubierto el rostro de Corazón de Hierro.

Con la daga en la mano, a punto de cortar los arreos que unían las mulas a la carreta para apoderarse de ellas —objetivo del ataque—, el paje sintió el impulso de lanzarse contra el almogávar... Pero ¿era realmente un enemigo, a pesar de que a él no le resultara simpático? Además, ¿qué podía intentarse contra aquel hombre invulnerable? Ya se había levantado y, con las manos en las caderas, lo miraba sonriente mientras sacudía la cabeza como si preguntase con talante jovial: «Y ahora, ¿qué?».

Sándor envainó la daga.

¿Cómo podían llegar a entenderse dos personas que no hablaban el mismo idioma y un mudo? Pues con paciencia, buena voluntad y un prodigio de mímica. Estaba claro para todos que la condesa se hallaba otra vez en poder de Subutai —¡cosa que desesperaba al paje!—, y que también estaban prisioneros el jinete negro y el hombretón que, junto con el enano, lo escoltaban. Era evidente que tanto el enano de los puñales como el paje habían tenido la oportunidad de escapar cuando los mongoles de Subutai los atacaron, y fue bien aprovechada (¡tal vez eso, pensó Corazón de Hierro, explicaba que Sándor lo mirase con más comprensión y menos rencor!), y que ahora aguardaban ardientemente la ocasión de ser útiles, el paje a su señora y el enano al jinete negro y al hombretón. También se sobreentendía que era necesario trazar un plan para rescatar a los prisioneros.

El plan, impuesto por Corazón de Hierro con las ya mencionadas dificultades de comunicación, era muy sencillo... Un plan que ya había comenzado a ponerse en práctica la noche antes, cuando el almogávar convenció al monje que cada día iba a decir misa al castillo de que le permitiera suplantarlo... ¡Estaba en juego la libertad de la benefactora del monasterio!

Era necesario entrar en el castillo... Una vez dentro, ya decidirían la estrategia, qué nueva jugada procedía. La alternativa era no actuar. ¡Y todo antes que quedarse de brazos cruzados, había decidido el almogávar! ¡A menudo las cosas salen mucho peor de lo que se había previsto, pero era preciso mostrarse audaces! Sándor y el enano aprobaron todo el plan con la mímica del entusiasmo, y poco después la carreta se encontraba otra vez en marcha hacia el castillo. Bernardo seguía conduciendo bajo su hábito de monje. Y la tela de saco escondía ahora, además de los regalos de los monjes para la condesa, a un Sándor deseoso de entrar en acción y a un enano cargado de puñales y dispuesto a morir, en caso necesario, para rescatar al jinete negro de la cabeza de pantera. El almogávar ya se imaginaba en el patio del castillo... Allí, mientras el enano y Sándor atraían sobre sí la atención de la guardia (¡ya se les ocurriría alguna estratagema!), él saltaría de la carreta, entraría en el edificio y se haría llevar por la fuerza ante el propio Subutai... ¡Las espadas hablarían con su voz de hierro! Y si los hados del combate le eran propicios, arrinconaría al mongol y le ordenaría que se rindiera. ¡Cosas más difíciles había visto llevar a cabo, y había hecho él mismo, en Grecia y Turquía!

24

En el castillo de la condesa Ilona, dos camareras ayudaban a la dama a ponerse un precioso vestido azul cielo —color propio de las doncellas—, que llevaría con un bello cubrecabezas de los que alargaban hermosamente la silueta femenina, cuando llamaron a la puerta.

—Por orden de su excelencia el *noyon* Subutai, la condesa deberá presentarse, como estaba previsto, en el salón principal... Pero ¡ahora mismo!

—¡Maldito sea! —refunfuñó la dama y, mirando hacia la puerta, añadió—: Decidle a vuestro amo que, en cualquier entrevista con él, exijo que se encuentre presente el maestro Gyálog, mi preceptor! ¿Qué le han hecho? ¡Hace dos días que no lo veo!

La puerta se abrió y apareció el comandante Batú.

—¡Vos no sois más que una prisionera! ¡Aquí no podéis exigir nada! Y si de mí dependiera...

La condesa no lo dejó acabar. Cogió un bonito frasco de cristal de Bohemia y lo lanzó contra el esbirro, que lo esquivó, no sin quedar impregnado de delicado perfume. Bramaba algo ininteligible cuando un jarrón con flores se hizo pedazos contra su cara. Las camareras intentaban contener a su señora, que estaba completamente fuera de sí.

—¡No hagáis eso, señora! ¡No hagáis eso, por vuestro bien!

—¡Fuera de aquí, perro sarnoso! —le gritó la condesa al perplejo Batú, mojado de pies a cabeza y adornado, aunque involuntariamente, por adorables campánulas color lila—. ¡Sólo compareceré ante el lobo que tienes por amo si Gyálog se encuentra presente! En cuanto al cerdo traidor de mi hermanastro, no quiero volver a verlo... ¡Si acaso por última vez cuando arda en el infierno!

Poco después, el comandante Batú, que se reprimía con grandes esfuerzos, junto con dos lacayos fieles a Jorthy, conducían a la condesa —que iba muy contenta del brazo de su preceptor— a la presencia del caudillo. Gyálog avanzaba, como de costumbre, pisándose los faldones.

—¡Mañana mismo os arreglaré esta túnica!

—¿Qué túnica, niña mía? Escucha, pequeña, procura tranquilizarte, ¿eh? Piensa que de una forma u otra saldremos adelante. Ahora conviene conservar la calma y tener la cabeza muy clara, niña mía.

—¡Ay, Gyálog! ¡Estoy tan contenta de veros! ¡Imaginaba que os habían hecho vaya a saberse qué!

—Es necesario aprender a hacer trabajar la imaginación sólo cuando es necesario y no para sufrir por adelantado... ¿Cuántas veces te lo he dicho? Ya ves que no me han hecho nada... El bestia este sólo acudió un día a mi mazmorra. Me dijo que había oído decir que yo tenía facilidad para inventar cosas y construir según que aparatos. Ya sabes que a veces me entretengo dibujando herramientas para los campesinos... Y que también me gustaría hacer unas alas para volar... ¡Sólo eso te faltaría para parecer un ángel! ¡Bueno, pues este cazoquete sin remedio me ordenó que le dibujara una catapulta gigante y una ballesta que disparara seis saetas a la vez, como si fuese tan sencillo!

—¿Ah, sí? ¿Y qué le respondisteis vos?

—Que sí, que sí... ¡Que esperase sentado a que yo lo hiciera!

—¡Ay, cuánto os quiero, buen maestro mío!... Y él, ¿qué hizo?

—Se limitó a reír sarcásticamente como lo haría un lobo si supiese reír sarcásticamente. Se marchó dando un portazo y no he vuelto a verlo... ¡Ni ganas!

—Pues ahora tendremos que ver por fuerza a ese miserable.

El caudillo mongol los recibió en un salón que sus delirios de grandeza habían transformado en una especie de sala del trono. Estaba totalmente pendiente de dos lacayos mongoles que acababan de entrar con una voluminosa caja metálica rectangular en la que habían practicado una docena de agujeros minúsculos. Dejaron la caja sobre una mesa de madera de preciosa teca con incrustaciones de lapislázuli. La caja tenía una tapa que cerraba herméticamente.

Sin molestarse siquiera en mirar a los prisioneros, Subutai, vestido de negro y plata, hizo un displicente gesto con una mano.

—¡Que esperen! Y que no hablen entre ellos... ¡Asustarían a los animalillos!

El mongol era un hombre flaco, todo él nervio y músculo; un golpe de sable dado de refilón se le había llevado toda una comisura de la boca y parte de la mejilla derecha, dejándole al descubierto los dientes en una especie de rictus permanente. Eso, unido a unos ojos demasiado juntos, de un extraño amarillo pálido, y a las arrugas que, cuando crispaba el semblante, se le extendían por las mejillas a partir de la nariz, le daba el aspecto de un depredador. Muchos pensaban en un lobo al mirarlo.

Mientras los prisioneros lo observaban (la condesa con los brazos cruzados y expresión de odio, y Gyálog con irónica serenidad), el caudillo dio dos palmadas, impaciente. Entraron a toda prisa otros dos lacayos que llevaban una caja parecida a la primera aunque menos voluminosa, y que también estaba agujereada. Subutai se puso parsimoniosamente dos guanteletes de hierro y pasó la diestra sobre la primera caja.

—¿Tenéis hambre, hijas mías? —preguntó. Con las manos cubiertas de hierro alzó un poco, con precaución, la tapa de la caja de mayor tamaño. La condesa no pudo reprimir un gesto de horror... Dos o tres cobras quisieron salir de la caja, silbando de furia y enseñando los colmillos dispuestas a morder.

—Estáis hambrientas, ¿verdad? —dijo Subutai—. ¡Ahora comeréis!

Los lacayos abrieron la otra caja y Subutai sacó de ella con delicadeza, cogiéndola por la piel del cuello, una rata de campo gordezuela que se debatía, chillaba e intentaba morder los dedos de hierro. La dejó caer dentro de la caja de los reptiles. Se oyó el ruido amortiguado de las serpientes, que se estiraban a velocidad vertiginosa, y los chillidos del roedor, que se interrumpieron de modo repentino. Una segunda rata, y aun una tercera, siguieron la misma suerte.

—¡Y ya basta por hoy! —declaró Subutai al tiempo que acentuaba con el gesto su rictus permanente—. Os podría sentar mal... Además, conviene que estéis siempre hambrientas.

»¡Andando! —les dijo a los lacayos—. Ya os lo podéis llevar todo.»

Tras ser obedecido, Subutai se quitó los guanteletes. La dama no dejó de observar que en un dedo llevaba el anillo con la *païza*, el sello del Gran Khan que, según imaginó la condesa, le había arrebatado al jinete negro. ¿Qué habría hecho del jinete? ¿Habría ordenado asesinarlo? Hasta el momento, el caudillo sólo había mirado a los prisioneros de soslayo para disfrutar del terror que se leía en el rostro de la mujer: aquella expresión en un semblante femenino le provocaba siempre una sensación deliciosa. Ahora se volvió completamente frente a ellos.

—Sucede que mis mascotas comen siempre a la

misma hora —explicó—. ¡Espero que me excusaréis, amada Ilona!

—¡Por mí, vuestras mascotas y vos podéis iros al diablo!

Subutai avanzó dos pasos hacia los cautivos.

—¡Tú, viejo imbécil! —le dijo a Gyálog—. ¿Es ésta la educación que diste a la condesa? ¡Procura que me trate con más respeto, o te harán pedacitos para alimentar a mis cobras! Aunque dudo mucho que les gustase la carne de burro momificado.

—También yo lo dudo, excelencia —replicó Gyálog—. Así que podéis estar tranquilo: ¡no os atacarán jamás! Y, por cierto, si lo que queréis es ser respetado, comenzad por demostrar respeto vos mismo.

El mongol miró al anciano como si acabase de descubrir su presencia. Y, de pronto, lo aferró por el cuello de la túnica y casi lo alzó del suelo.

—¿Quieres que te haga empalar ahora mismo? ¡Podrías tener una agonía de un par de días, mientras los cuervos se te comieran vivo!

—¡Dejadlo! —gritó la condesa. Atravesó la estancia y se subió al antepecho de una ventana—. ¡Si lo maltratáis, me lanzo al patio!

—¿Quééééé? ¡Tentado estoy de dejar que lo hagas! Pero te necesito demasiado... ¡Quiero hacer de ti una reina, estúpida! ¡Deberías estarme agradecida! ¡Baja de inmediato o le aplasto la cabeza al viejo imbécil!

—¡Baja, Ilona! —pidió el anciano—. ¡Recuerda todo lo que te he dicho!

La condesa bajó y Subutai avanzó hacia ella.

—¡Escúchame bien, cabeza de chorlito! No te he ordenado venir aquí para ver tu cara de asco. ¡Si fuese por mi deseo, te haría encerrar en la mazmorra más profunda y tiraría la llave al Sayo! Pero para fundar mi dinastía necesito que me des un hijo... Te he llamado para decirte que pronto se anunciarán nuestros esponsales.

Mientras decía esto, el mongol cogió a la condesa con brutalidad por el cogote y le tiró salvajemente del pelo.

—¿Me has entendido bien, estúpida? —continuó—. ¡Yo sé cómo deben domarse las yeguas como tú! ¡Vendrás muy pronto, te lo juro, a comer de mi mano!

Rabiosa, la condesa se debatió sin poder soltarse, hasta que el caudillo la arrojó al suelo. Inútilmente, Gyálog trató de intervenir. Se lo llevaron del salón, así como a la dama.

Cuando ya salían, ella se volvió para gritarle a Subutai, que reía con la boca torcida, sentado en el trono.

—¡Jamás seré vuestra esposa, canalla! ¡Antes tendréis que matarme!

—Procura no ser tan bocazas... ¡O te mataré en cuanto me hayas dado lo que necesito!

25

La carreta llegaba al castillo. Jorthy y los mongoles se sentían tan seguros que el puente levadizo estaba bajado. Si la condesa todavía tenía partidarios, éstos no se habían manifestado aún. Muchos habían sido asesinados con rapidez o encerrados en las mazmorras.

El monje que acudía a decir misa le había dicho a Corazón de Hierro que, por lo general, dejaban pasar la carreta sin registrarla... Y el almogávar ya se preparaba para poner en práctica el plan que había trazado. Para que todo resultase aún más favorable, dos centinelas húngaros adictos a Jorthy estaban distraídos con una vieja gitana que, con unos huesecitos de los que se usaban para jugar a la taba, parecía intentar decirles la buenaventura.

Cuando la carreta ya había traspuesto el rastrillo y entraba en el patio, uno de los centinelas —que se aburría con las monsergas de la gitana— gritó:

—¡Eh, hermano! ¿Adónde vais con tanta prisa? ¡Nos podríais haber dado los buenos días, al menos! ¡No corráis tanto!

Corazón de Hierro no entendió lo que decía, naturalmente, pero frenó el vehículo. No habría podido llegar muy lejos... ¡Las mulas no galopan como los caballos! Al centinela que había hablado le faltaba el índice de la mano derecha, perdido en algún combate, pero había conservado la costumbre de tender la mano de modo acusador como si el dedo aún existiese. Llevaba un casco de hierro, una tira metálica del cual le protegía la nariz hasta el labio superior.

—¡Tú! —bramó—. ¡Para y baja de la carreta! Nunca te había visto por aquí... ¿Cómo te llamas?

A Corazón de Hierro, que veía tambalearse el plan trazado a causa de aquel celo de vigilancia, le quedaba el recurso de hacerse pasar por mudo o lerdo... Pero de pronto le dio vergüenza representar aquella comedia. Saltó con total tranquilidad de la carreta y, sin responder a lo que por otra parte no había entendido, esperó los acontecimientos.

—¿Qué llevas bajo esta tela de saco? —preguntó el centinela.

Su compañero dejó de prestarle atención a la gitana y comenzó a seguir la escena con interés.

—No llevarás a alguien de contrabando en la carreta, ¿verdad?

El centinela desenvainó la espada y pinchó con ella uno de los extremos de la tela. Retiró el arma y se dispuso a clavarla con fuerza en un punto donde —Corazón de Hierro bien lo sabía— se encontraba el enano de los puñales.

Pero ¡la punta de la espada no llegó a atravesar la tela de saco!

Un puñetazo en la espalda que le asestó el almogávar hizo que el centinela se volviera para plantarle cara. Entonces, el otro puño de Bernardo salió disparado con la fuerza de una coz de caballo. Golpeó contra la tira supuestamente protectora del casco que, con el impacto, aplastó la nariz del centinela. Mientras el tipo caía al suelo chillando como un cerdo en el matadero, llegaba corriendo su compañero, que blandía una lanza.

Sin desenvainar la espada, el almogávar esquivó una lanzada feroz, aferró el arma con ambas manos y se la arrebató al centinela... Mientras la sujetaba con fuerza, describió un giro brutal y con un movimiento de abajo arriba golpeó el mentón del soldado con el asta de la lanza.

Cuando éste caía, Corazón de Hierro vio alzarse la tela de saco y aparecer las cabezas de Sándor y el enano de los puñales.

—¡Hemos fracasado! ¡Huid! ¡Nos encontraremos en el bosque! —gritó como si ellos pudiesen entenderle.

El hombrecillo y el paje saltaron al suelo y se alejaron con rapidez de la puerta, por el camino que los había llevado hasta allí. Con la cara llena de sangre, el centinela de la nariz aplastada había recogido su espada y avanzaba hacia Bernardo. Gritaba para alertar a todo el castillo.

Agachándose para evitar una estocada que quería cortarle la cabeza, el almogávar aferró una de las piernas del soldado y se la alzó con fuerza, cosa que lo hizo caer de espaldas.

Después, siguió a la carrera a los dos fugitivos, que ya llegaban a la linde del bosque. El enano precedía a Sándor. No sólo corría sino que aprovechaba las irregularidades del terreno para saltar por el aire cuando podía como un acróbata.

«¡Ya llegamos al bosque! ¡Estamos salvados», se dijo Bernardo al tiempo que echaba un vistazo a sus espaldas: justo en ese momento, unos soldados trasponían el rastrillo y llegaban a la altura de los dos centinelas a los que el almogávar había zurrado.

Pero ¡Sándor dio, de pronto, un salto como de conejo cazado!

Una flecha le había atravesado un muslo. Corazón de Hierro vio al arquero. Había disparado desde un camino de ronda, tras las almenas, no lejos de la puerta de entrada. El paje intentó continuar la carrera, pero cayó y no pudo levantarse. El almogávar llegaba ya junto a él.

—¡Huid! ¡Huid! —gritó Sándor, caído en tierra, que acompañó las palabras incomprensibles para los otros con gestos expresivos. Sin hacerle caso, Corazón de Hierro lo cogió y se lo cargó a la espalda. Continuó corriendo. El enano había desaparecido ya bajo el boscaje. ¡El almogávar comenzaba a pisar una espesa capa de hojas muertas cuando una cuerda diestramente lanzada lo atrapó por la cabeza! El tirón podría haberlo desnucado, pero los músculos del cuello, en tensión, lo impidieron. Cayó como un saco, sin embargo, y quedó tendido sin conocimiento, con el paje que se quejaba de dolor a unos metros de él.

26

Subutai, que avanzaba por un corredor flanqueado de armaduras del castillo, se detuvo de pronto ante la puerta cerrada de una de las cámaras principales. Dos guerreros mongoles vigilaban la entrada. Uno se precipitó a abrir la puerta para que pasara el caudillo.

—¡Gracias, perro! —dijo Subutai, que se sentía de buen humor a causa de la captura del falso monje y el paje de la condesa.

Traspuso la puerta y entró en una estancia lujosa que se encontraba en semioscuridad. Un perfume de hierbas aromáticas se sentía de inmediato en la garganta. En el aire se veían volutas de humo azulado procedentes de un pebetero.

—¡Qué asco! —exclamó el caudillo de los invasores, en mongol—. ¡¿Qué haces a oscuras?!... ¡Abre las ventanas, que entre la luz y se pueda respirar un poco!

Desde donde estaba, el mongol veía un diván de terciopelo rojo sobre el que habían dejado la armadura del jinete negro. Destacaba aquel yelmo en forma de cabeza de pantera que tanta curiosidad solía despertar.

Nadie le había respondido. No sin precaución, Subutai avanzó dos pasos. Llegó cerca de un gran lecho con baldaquín y estuvo a punto de tropezar con el pebetero. En la sombra, apenas se veía una silueta humana sentada en la cama, con la cabeza entre las manos. El caudillo dio un paso más pero se detuvo en seco. La persona que se encontraba sentada apenas se había movido, pero ahora, en una de sus manos acababa de aparecer una cosa que brilló fugazmente en la penumbra: una daga muy afilada.

—¿De qué tienes miedo? No he venido a hacerte nada... Sólo a decirte que me parece que te estás enmoheciendo aquí; que necesitas un poco de ejercicio y que tengo precisamente lo que te hace falta.

—¡Lo que me hace falta es que tú revientes! —dijo en mongol, una voz ronca de odio—. ¡Sal de aquí, miserable!

—¡Tendrás que hacer lo que te ordene! ¡Ahora soy yo quien lleva la *païza* del Gran Khan!

—¡Calla, maldito lobo! La llevas porque me la has arrebatado... Además, ¿qué significa para ti, si has decidido traicionar al Gran Khan? Jamás haré nada de lo que me ordenes... ¡Como no sea que me mandes abrirte el pecho con esta daga y arrancarte con mis propias manos el corazón de lobo que tienes dentro! ¡Eso lo haré ahora mismo, si quieres!

—¡Oh, no! Harás otra cosa... Ahora, cuando yo salga de esta habitación, abrirás la ventana que te obstinas en mantener cerrada... Da a un punto muy interesante de la torre maestra, la más alta del castillo... A menos de diez metros verás una cosa. ¡Una cosa que te obligará a cambiar de opinión! Cuando la hayas visto, te aseguro que aceptarás cumplir de inmediato con todo lo que te ordene.

—Jamás, ¿entiendes? ¡Jamás!

Por toda respuesta, Subutai profirió una risilla burlona que recordaba el sonido de un instrumento musical horriblemente desafinado. Y salió de la estancia donde tenía cautivo al jinete negro, dando un portazo.

27

Lucía el mismo sol de invierno.

Los cuervos graznaban... Y lo hacían con mucha fuerza cuando se picoteaban entre sí y se arrancaban plumas para ocupar un lugar ventajoso sobre aquella especie de ataúd con rejas. Pendía a lo largo de la torre maestra, de unas cadenas que desaparecían más arriba, tras las almenas.

Los picotazos de los cuervos estaban motivados por la voracidad. Se precipitaban sobre la persona que se hallaba detrás de las rejas de aquella especie de ataúd. Era un hombre excepcionalmente alto y fuerte, un hombretón. Y tenía que estar allí dentro, lo más encogido posible y con las manos atadas a la espalda. Lo habían encerrado allí un par de horas antes y los picotazos de los cuervos comenzaban a marcar su cuerpo musculoso, desnudo por completo. Procuraba soportar el dolor, pero cuando un cuervo le arrancaba un trozo de piel, se quejaba con los dientes apretados. En invierno escaseaba la comida, y los cuervos estaban exasperados de hambre.

Muchos metros más abajo de donde estaba el hombretón, en el patio del castillo, un grupo de mongoles y soldados de Jorthy alzaba los ojos hacia lo alto de la torre.

Obviamente, observaban al prisionero y se lo señalaban unos a otros, haciendo comentarios. De vez en cuando, al hombretón le llegaba una carcajada: alguien que contemplaba su calvario debía de haber dicho algo humorístico.

El prisionero procuraba apartar la cabeza cada vez que un cuervo más audaz que los otros pasaba entre los barrotes y le atacaba la cara. Sobre todo quería protegerse los ojos, pero... ¿durante cuánto tiempo podría lograrlo?

Desde el cabello le caía sangre por la frente; casi lo cegaba.

A pesar de ello vio que en el edificio contiguo, a unos diez metros de la torre de la que él colgaba, se abría una ventana donde se enmarcaba, borrosamente entrevista a través de la sangre, una figura esbelta. Y oyó el grito de horror que lanzó al verlo allí, colgado entre rejas de aquel modo; desnudo entre los cuervos.

—¡Zewang! ¡Oh, no, no! ¿Qué te han hecho, pobre Zewang? —gritó en mongol la figura esbelta de la ventana.

Mientras un cuervo le clavaba las garras en una mejilla, empecinado en arrancarle una oreja con el pico, y él intentaba quitárselo de encima a fuerza de sacudir la cabeza, Zewang reconoció a la persona que lo miraba con horror desde la ventana.

Hacía días que el hombretón no comía ni bebía, y se sentía muy débil a la vez que se daba cuenta de que si se abandonaba al cansancio les facilitaría el trabajo a los cuervos.

—¡Zewang! —volvieron a gritar desde la ventana de la estancia donde Subutai había confinado al jinete negro de la cabeza de pantera.

El hombretón movió varias veces los labios, pero de ellos no salió sonido alguno.

—Estoy bien... Estoy bien... —logró decir por fin, en patético contraste con la realidad—. ¡Sobre todo, alteza... no os preocupéis por mí! Cerrad la ventana... No quiero que... ¡que me veáis morir así, alteza!...

La persona que se encontraba en la ventana esperó unos instantes mientras se tapaba los ojos con las manos. A continuación retrocedió y, como si tomase una decisión repentina, cerró la ventana como le había pedido el hombretón.

Otra vez en la penumbra de la estancia, se dejó caer sobre el lecho y se tapó los oídos con las manos, como si aún pudiese oír las quejas de Zewang y el graznido de los cuervos.

¡No se había dado cuenta de que alguien lo observaba desde la zona más oscura de la habitación!

—¿Verdad que ahora harás todo lo que te ordene? —preguntó Subutai, que había vuelto a entrar subrepticiamente.

Siguió una de sus desafinadas risillas.

El jinete negro se sobresaltó. Y luego estalló en sollozos.

Subutai se marchó, satisfecho, a alimentar a sus cobras.

28

¿Qué le había sucedido a Corazón de Hierro?

Se encontraba encadenado, con los brazos en cruz, en la sala de tortura totalmente a oscuras. Jorthy había instalado aquella nueva dependencia dentro de una amplia cámara subterránea. Le había servido para martirizar y matar después a algunos señores feudales que, tradicionalmente, habían sido partidarios de la familia de la condesa y osado discutir la toma de poder por parte del hermanastro. Por toda la región, los pelotones de la guardia de Jorthy continuaban buscando posibles partidarios de la condesa susceptibles de rebelarse en un momento dado y poner en peligro el nuevo régimen del usurpador y de sus aliados extranjeros. Reconocido por el comandante Batú en cuanto fue capturado, Corazón de Hierro había sido objeto de malos tratos. Ahora, encadenado como estaba, iba recuperándose poco a poco.

El almogávar se preguntaba qué estarían haciendo con Sándor, herido, cuando oyó que alguien se aproximaba a la sala de tortura.

«¡Ya volvemos a las andadas!», pensó. Sin duda,

volverían a empezar con los malos tratos. Después de ser capturado, la primera sesión la había comenzado Batú, que le asestó una feroz puñalada en el pecho. Era para comprobar una vez más la misteriosa invulnerabilidad de aquella parte de la anatomía de Bernardo. A continuación, con un monje que oficiaba de intérprete (el hermano Lajos, vendido por completo a Jorthy a cambio de la promesa de ser la personalidad eclesiástica más relevante del nuevo régimen), la sesión prosiguió con un interrogatorio a cargo de Batú, armado con su látigo de puntas metálicas. ¡El mongol quería saber como fuese cuál era el secreto de aquella invulnerabilidad y cómo se podía adquirir! Corazón de Hierro no sólo se negó a responder a ninguna pregunta, sino que se burló cruelmente de Batú; eso no logró otra cosa que enfurecer al esbirro, y el almogávar acabó por lamentarlo al tiempo que se prometía aprender la lección y mostrar un comportamiento más sensato en la siguiente ocasión... ¡si lograba salir con vida de ésta! Cubierto de sangre, finalmente se desmayó.

Al recobrar el sentido en medio de tinieblas, perdida la noción del tiempo, Bernardo era incapaz de saber cuánto hacía que lo habían encerrado. Calculaba que, más o menos, hacía dos o tres días que se hallaba en aquel lugar indigno y tenebroso... Tiempo durante el cual no había comido ni bebido nada.

Los mongoles entraron. Llevaban antorchas. Y esta vez el que iba delante no era Batú sino el caudillo en persona.

«¡Ahora los golpes serán aún más fuertes!», se dijo el almogávar al tiempo que apretaba los dientes; se sentía terriblemente dolorido. Subutai se acercó a él y lo iluminó con la antorcha que llevaba.

—Pero ¿qué veo? ¿Quién ha maltratado así a este hombre? —exclamó, con sorpresa e indignación fingidas.

—Veréis, excelencia —se apresuró a responder Batú, tan sorprendido como todos los presentes—. Estas heridas se las hizo luchando contra nosotros, ¿sabéis? Cuando se resistía a ser detenido con todos los requisitos de la ley...

—¡Ah! ¡Eso me tranquiliza, perro! —lo interrumpió el caudillo.

El que se sintió tranquilizado al oír aquel apelativo tan cariñoso fue el comandante.

—¡No quería dejarse atrapar! Es muy peligroso, ¿sabéis, excelencia?

—¡Lo que es peligroso es estar rodeado de ineptos! —bramó Subutai, dando así inicio a uno de sus temidos cambios de humor—. ¡Dame ese látigo!

Asustado, el comandante vaciló unos segundos.

—¡Que me lo des, bestia pestilente!

Subutai le arrebató de un tirón el látigo, con el cual azotó varias veces a su esbirro.

—Pero, excelencia..., ¿qué he hecho yo? ¿Qué he hecho, pobre de mí?

—¡Ser un inútil! ¡Un vago! ¿No ves que no se puede tratar a la gente con esta falta de humanidad? Quítale esas cadenas. ¡Y que le traigan comida y bebida! ¡De prisa, hijo de una hiena!

¿Humanidad? ¡El esbirro estaba atónito! ¡Él había visto al caudillo que ahora hablaba de humanidad incendiar aldeas y envenenar pozos de agua potable! ¿Y el bosque de Szeged? Una noche, Subutai había hecho ahorcar a muchos soldados de la condesa... Al día siguiente se paseó a caballo entre los cadáveres. La intensa helada los había dejado duros como la piedra. Pero el hielo no era piedra: los golpes podían romperlo. Y con su terrible maza de púas de hierro, Subutai había pasado al galope por entre los cuerpos que colgaban de los árboles, repartiendo mazazos sólo para divertirse. Los muertos se rompían como si fuesen de vidrio. Aquello, presenciado por los supervivientes que se hallaban escondidos, había creado una leyenda. Decían que a medianoche caía un gran silencio sobre el bosque de Szeged... Que incluso los lobos callaban. Y que de repente se oía el ruido de los cuerpos que se rompían bajo los golpes... Y las carcajadas salvajes de Subutai.

A toda prisa se dispuso una mesa con abundante comida para Corazón de Hierro, que, liberado, se frotaba las muñecas y los brazos; casi no podía moverlos.

—¿Qué habéis hecho con el paje de la condesa? —preguntó a través del hermano Lajos.

—¡Está bien, hombre! —respondió Subutai—. El pequeño cretino ha corrido a refugiarse detrás de las faldas de mi prometida...

—¿Vuestra prometida?

—¡Claro! ¿No lo sabías? Muy pronto anunciaremos nuestros esponsales... ¡En los que tú tendrás un gran papel, por cierto! Por eso quiero que te traten bien...

Subutai se volvió a mirar a Batú, que alzó un brazo instintivamente para protegerse de una posible bofetada.

—¡Tú, perro, abre bien esas orejas de burro! De ahora en adelante continuad vigilándome a este caballero, pero tratadlo bien, ¿entendido? ¡Y traedle ropa limpia! Bien vigilado y sólo con cadenas en los pies, podéis sacarlo a pasear un rato cada día por los caminos de ronda... Y que haga un poco de ejercicio. Quiero tenerlo en muy buen estado para que participe en un torneo. Daremos una gran fiesta para anunciar a todo el mundo que la condesa y yo nos casaremos... ¡Y el torneo ha de ser memorable!

Cuando el hermano Lajos tradujo todo esto, Corazón de Hierro, ya reconfortado por un *gulach*[1] delicioso después de tantos días de no comer, le dijo al monje:

—¡Decidle a este matón que Corazón de Hierro no piensa participar, por el momento, en ningún torneo! Y que me deje marchar o se arrepentirá de retener a los invitados.

—Pero, hijo mío...

—¡Yo no soy vuestro hijo, señor! Me daría vergüen-

1. Plato de carne típico de Hungría.

za tener un padre que adula a los enemigos de su pueblo. ¿Y vos sois un hombre de la Iglesia?

—¿Qué te dice el caballero, perro? Quiero decir, hermano Lajos...

—¡Oh, perdonad, excelencia! Este joven insensato dice que no quiere participar en el torneo de vuestros esponsales...

—¡Ah!, ¿no? Ya veréis como cambia de opinión... Ahora, cuando yo haya salido, quedaos un momento aquí. Y decidle que si no participa es muy probable que la herida de aquel paje estúpido se infecte... ¡Y que tengamos que cortarle la pierna! ¡Se pasará el resto de su vida dando saltitos como un pájaro de un lado a otro!

Aquella idea le hizo mucha gracia a Subutai, que concluyó con una de sus peculiares risillas. Pero no estaba satisfecho: a una de sus cobras, una rata demasiado grande se le había quedado atravesada y no conseguía digerirla. «¿Tendré que matar al pobre animalito?», se preguntaba el caudillo.

29

Jorthy estaba tan exageradamente gordo, que había hecho practicar una abertura semicircular en la mesa donde comía... Así podía encajar su enorme panza, y cuando tendía las manitas —contrastaban con su cabeza voluminosa—, tenía al alcance cualesquiera de los platos que le servían. Aquella mañana, tras un desayuno que él definía como «frugal» (dos patos confitados y tres cuencos de diferentes mermeladas con pan y mantequilla, regado todo ello con dos botellas de *tokay* especial del monasterio), el hermanastro de la condesa se limpió las manitas grasientas en el mantel y a continuación les echó un rapapolvo a los temerosos lacayos que lo atendían.

—¡Eh, bestias! ¿No veis cómo está este mantel? ¡Cambiadlo de inmediato, cerdos! Aún me falta tomar la tisana afrodisíaca de raíz de mandrágora.

Los lacayos se apresuraron a obedecer. Bajo aquella apariencia ridícula que hacía pensar en un payaso que alguien hubiese inflado hasta perder el aliento, Jorthy escondía una astucia y una crueldad poco frecuentes.

Tras beber la infusión, se levantó ayudado por los lacayos —la grasa apenas lo dejaba caminar—, y se sentó en una silla portátil que solían transportar por el castillo entre cuatro campesinos alimentados de manera especial para que tuviesen la fuerza suficiente para cargar con aquel peso muerto. Porque la mayoría de los campesinos, siervos de la gleba de padres a hijos, se convertían ya en viejos desdentados a los treinta años de edad. En aquella época, el campesino que conseguía pasar de los cuarenta era admirado por todos y considerado un campeón. Como es natural, había lugares donde la vida era mejor (dependía del talante del señor que mandaba, del hecho de que fuese más o menos sensible al dolor ajeno), pero para los siervos era difícil alejarse del lugar donde habían nacido, porque los señores a menudo tenían derecho de vida o muerte sobre ellos y no siempre los dejaban marchar. También solía pasar que un señor vendiese a otro unos cuantos de sus siervos, sin ningún miramiento... Cosa que destrozaba familias y causaba separaciones muy dolorosas.

Jorthy se dispuso a ser transportado a la sala donde debía dar audiencia a un puñado de vasallos que lo habían apoyado desde el principio, cuando decidió derrocar a la condesa Ilona y aliarse con los mongoles. El hermanastro había logrado la adhesión de aquellos pequeños nobles con la promesa de que, si él conseguía el poder, se rebajaría el diezmo, se repartirían las tierras confiscadas a quienes se opusieran a su mando, y se restablecerían privilegios —como el derecho de pernada— que la condesa había hecho abolir. ¡Prometer no costaba nada! También les había ofrecido un poder centralizado y todos los recursos necesarios para aplastar de modo inmediato cualquier alzamiento de campesinos hambrientos o rebeldes contra los abusos, como sucedía a menudo a causa de las levas frecuentes de hombres jóvenes que llevaban a cabo los señores para hacerse la guerra entre sí, a veces por capricho o aburrimiento.

Cuando Jorthy, ya sentado en la silla, estaba a punto de ser transportado, alguien entró sin hacerse anunciar. ¡Era una grosería muy propia de Subutai! Llegó seguido de la condesa, Gyálog y dos mongoles que no los perdían de vista.

—Jorthy, querido, mi prometida y yo venimos a invitarte al torneo que se celebrará con motivo de nuestros esponsales. Participarán algunos vasallos... Pero el combate más importante será el que enfrente al supuesto enviado del Gran Khan y a ese extranjero que dicen... ¡ji, ji!... que es invulnerable. ¡Lo llaman Corazón de Hierro!

—¡Bandido! —estalló la condesa—. ¡Lo que tú quieres es que resulten muertos los dos! Y, sobre todo, poder enviarle al Gran Khan el cadáver del jinete negro diciendo que ha muerto noblemente en un torneo. ¡Así pretendes ganar más y más tiempo para hacerte cada vez más fuerte!

—Pero ¿qué dices, queridísima Ilona? ¿Crees que

ésta es manera de hablar con tu futuro marido, muy pronto padre de tu primer hijo?

—¡Haz el favor de no avergonzarme, Ilona! —estalló Jorthy—. ¡Estás dejando a nuestra familia en muy mal lugar!

—¡Cállate, barril de sebo! ¡Pensar que eres hijo de mi padre! De un hombre de conducta tan brillante que eclipsaba el sol de la mismísima virtud, ¿cómo puede haber salido esta mácula viviente?

—¡Niña, niña! —le murmuró Gyálog a la condesa—. ¡Prudencia! Recuerda mis consejos...

—¡Oh, criatura excelsa! —dijo Subutai—. ¡Siempre tan adorable! ¡Tan espontánea y vehemente! Los propios dioses me envidiarán al verla junto a mí en el torneo...

La condesa estaba a punto de decirle lo que pensaba, pero Gyálog consiguió calmarla.

—Querido futuro cuñado —dijo Jorthy—, ¡te veo muy optimista! ¿Cómo lograrás que el jinete negro y el extranjero participen en tu torneo? ¡Jamás obtendrás su consentimiento!

El rictus constante de Subutai se estiró un poco más: la mueca hacía pensar en un lobo capaz de sarcasmo.

—¡Para que lo sepas, su consentimiento ya lo he obtenido! Los tendremos como plato fuerte del torneo... Lucharán hasta la muerte de uno u otro. ¡Y te diré que no tengo ninguna duda de que quien morirá será el jinete negro! Puedes hacer apuestas, querido, porque ganarás mucho dinero.

—¿Y qué pasará con ese tal Corazón de Hierro?

—El destino de las personas suele ser incierto... Pero el suyo ya está trazado en todos sus detalles: morirá a manos de uno de los guardias del jinete negro. ¿Recuerdas al energúmeno que hice colgar dentro de una jaula de la torre maestra? Ya lo hemos bajado, y está recuperándose de los picotazos de los cuervos. ¡Cada día, cuando le llevamos la comida, le explicamos que Corazón de Hierro proclama a menudo sus intenciones de asesinar a su amo querido, el enviado del Gran Khan!

Aquella noche, un hombre de poca talla, un hombrecito que salió del bosque, se acercó al castillo hasta que comprendió que un centinela podría descubrirlo a la luz de la luna. A la luna se la imaginaba como una rueda que cada noche se desprendía del carro de plata de los dioses; una rueda que las nubes nocturnas tan pronto devoraban como escupían. Aprovechando un momento en que la habían devorado, el hombrecito, que llevaba una rama recta, larga y fina, de la que había arrancado las hojas, comenzó a recorrer el perímetro del castillo resiguiendo el profundo foso que le servía de protección. Se detuvo en un punto determinado, observando una parte de la muralla situada al otro lado del foso donde crecía hiedra. Aquella hiedra, los del castillo la habían dejado crecer muy imprudentemente. ¡Porque si alguien conseguía atravesar el foso, podría trepar por la hiedra y saltar la muralla! Aquello mismo que quería hacer el hombrecillo.

Aprovechando unos momentos de oscuridad casi total, se alejó del foso. Y cuando estuvo a una buena distancia aferró la rama larga y delgada con toda la fuerza de sus manitas y echó a correr hacia él. A dos palmos del borde, clavó el extremo delantero de la rama en tierra, y la velocidad que llevaba lo propulsó al otro lado. Soltó la rama y, con el sorprendente control que demostraba tener de su cuerpo en movimiento, se aferró a la hiedra. Pero la que agarró estaba seca, medio muerta... El hombrecillo rebotó contra la muralla y cayó hacia el foso con más ruido de cascabeles que nunca. ¡Sin duda se ahogaría! Pero al caer hizo una extrañísima voltereta doble, y esta vez agarró hiedra viva y fuerte. Quedó rozando el agua, donde se reflejaba la luna en aquel momento, exactamente al pie de la muralla.

El enano de los puñales, ya que de él se trataba, fue subiendo con paciencia a lo largo de la pared. Dos o tres veces estuvo a punto de caer. Cuando le faltaba la hiedra, subía clavando puñales en los intersticios de las piedras, utilizándolos como escalones. Aquella noche también helaba bajo la luz de la rueda perdida de los dioses... El enano se dijo más de una vez que sus pequeños dedos insensibles a causa del frío acabarían por fallarle. «¡Nadira! ¡Nadira!», se decía entonces para darse ánimos. ¿Qué era? ¿El nombre de una persona o de un lugar? ¿La invocación a una deidad desconocida?

Que alguien que parecía tan poca cosa pudiese coronar una muralla tan alta parecía imposible. Al amanecer, sin embargo, sin ser visto por los centinelas, el enano de los puñales saltó desde lo alto del muro a un camino de ronda. Aún estaba bastante oscuro cuando llegó al suelo del patio del castillo. Y aprovechando que a la rueda del carro de plata de los dioses se la habían tragado otra vez las nubes de la noche, el hombrecillo se escondió en un establo. Lo hizo tan sigilosamente que los caballos no se asustaron.

30

Era el día anterior a la celebración de los esponsales de Subutai y la condesa Ilona. Muchos de los partidarios del hermanastro ya se encontraban acampados en torno al castillo. Había un ambiente de víspera de fiesta que desmentía, no obstante, el tiempo atmosférico: nevaba.

Los partidarios de la condesa que habían sobrevivido a las persecuciones de Jorthy y los mongoles acampaban también, pero en una situación que nada tenía de festiva, en la parte más inexpugnable del bosque. Los dirigía un hombre sobre el cual pesaba una orden de busca y captura a causa de su devoción hacia la condesa: Erno Baradla, antiguo saltimbanqui y comediante que ahora tenía una vocación política, y al que algunos catalogaban como excesivamente ambicioso e incluso cruel... Toda aquella gente fuera de la ley recibía ayuda del monasterio. Pero se trataba de una ayuda clandestina: el hermano Janos, el padre abad y otros monjes que simpatizaban con la causa de la condesa tenían que tener mucho cuidado con monjes que, como el hermano Lajos, estaban vendidos al nuevo régimen.

En el castillo, ayudado por un soldado de Jorthy y vigilado por seis mongoles armados con sables y arcos, Corazón de Hierro se ponía una armadura húngara. Era la que tendría que llevar al día siguiente durante el torneo. Y Subutai había ordenado que se la pusiese y bajara a ejercitarse al patio... con una espada de madera y un escudo abollado... ¡contra dos mongoles que esgrimían armas auténticas! Cuando lo sacaban de la cámara de tortura donde continuaba retenido —si bien habían colocado un catre de campaña donde podía descansar con comodidad—, siempre lo vigilaban muchos soldados... Y más aún cuando le quitaban los hierros de los pies, como hacían ahora para que pudiera ejercitarse. A fin de cuentas, Corazón de Hierro había decidido no hacer nada para liberarse a menos que se presentara una circunstancia muy propicia.

La noche antes había soñado otra vez que se encontraba en Barcelona. Era día de fiesta en su ciudad. Se celebraba la gran cabalgata de San Juan; cuando acabara, algunos participarían en los torneos que tenían lugar en el Borne, es decir, irían a «bornear», como solía decirse, cosa que podían hacer tanto los caballeros como los ciudadanos honrados. Muchos de estos últimos pertenecían al estamento de los comerciantes, un estamento que, aliado con el de los artesanos, cada día adquiría más peso, no sólo allí sino también en el resto de Europa. Habían acumulado fortunas mediante el control del comercio: una actividad que la nobleza tenía prohibida (si bien algunos nobles la practicaban a través de testaferros). Los comerciantes se habían enriquecido igualmente comprando fincas que los nobles desatendían. Acabaron creando y dirigiendo municipalidades: un poder político que discutía con el de los nobles en igualdad de condiciones. Los comerciantes aportaban el sentido común de hombres que necesitaban la paz para hacer negocios y estaban en contra de los disparates de ciertos señores que de la gloria tenían, sobre todo, un concepto militar.

Aquellos torneos del Borne apasionaban a los barceloneses hasta extremos indescriptibles. Y era muy probable que, después de asistir a uno de ellos, muchos se reuniesen en la parte alta de la Rambla para comentar largo y tendido las incidencias que se habían producido. Y también, a veces, que los ánimos se encendieran y surgiesen peleas entre los partidarios de dos caballeros diferentes.

Corazón de Hierro, antes de ser almogávar o marchar hacia Grecia, había participado en un par de aquellos torneos... Y en el sueño de aquella noche se había visto a sí mismo a caballo, con la lanza en ristre, a punto de enfrentarse con... ¡el propio Subutai! Cuando se disponía a entrar en liza vio, sentada entre los espectadores de una tribuna, a una dama de gran belleza: ¡la condesa de los ojos verdes y los cabellos de fuego! Espoleó su montura —¡un caballo negro que había tenido en Adrianópolis!— y se acercó a ella.

—Señora, en homenaje a vuestra discreción y belleza incomparables, querría que me concedieseis el honor de ser portador de vuestros colores.

La condesa le tendió un precioso chal verde que se quitó del cuello y que despertó en el almogávar el recuerdo del aroma de su pelo. Corazón de Hierro se lo ató en torno al brazo izquierdo y pensó, siempre en sueños, que si debía morir no deseaba mejor sudario que aquél. La condesa le sonreía... «¡Ilona... Ilona!», había murmurado el caballero. Le pareció que todo su ser se fundía de placer.

Y en ese momento había despertado. ¡Se sentía avergonzado! ¿Cuántas manifestaciones más de ingratitud necesitaba para dejar de pensar en aquella mujer? Soñaba con ella de noche... Pero ¡también de día! ¡Por eso estaba aún allí, y no camino de Barcelona! Y el mundo real estaba hecho de un tejido muy diferente al que conformaba los sueños. Se dio cuenta de esto una vez más cuando, con la espada de madera y el escudo abollado, Corazón de Hierro se enfrentó con aquellos adversarios... ¡Con una sonrisa insolente que no abandonaba sus rostros, lo atacaban ambos como si el combate fuese a muerte!

Nadie sabía que detrás de la celosía de una ventana próxima, Subutai, con una esclava arrodillada ante él abrochándole las botas, presenciaba la escena.

Cuando uno de los dos mongoles le partió la espada de madera con un golpe de sable bien afilado, Bernardo saltó atrás para esquivar una estocada que nada tenía de juego de ejercicio. Y con auténtica rabia respondió lanzando el escudo abollado hacia la garganta del guerrero, como si fuese el disco de un discóbolo. La cota de malla evitó que lo decapitara; pero cayó de espaldas y Corazón de Hierro le arrebató el sable. Con la guarda del mismo paró, en parte, un golpe de maza del que continuaba en pie, y con el puño izquierdo le pegó con todas sus fuerzas en los dientes, borrando la sonrisa insolente que aún tenía. El guerrero perdió el equilibrio y se encontró boca arriba con un pie del almogávar sobre el cuello. Al ver que tenía la muerte encima, el hombre alzó una mano en señal de rendición, y Corazón de Hierro se limitó a dejarlo inconsciente.

En su atalaya, Subutai estaba rebosante de alegría.

—Ya puedes marcharte —le dijo a la esclava, displicente. El caudillo se sentía más que satisfecho: ¡con un adversario como Corazón de Hierro, muy poco podría hacer el jinete negro!

Cuando devolvieron al almogávar a la cámara de tortura, los guardianes lo observaban admirados y temerosos; se habían apresurado a ponerle los hierros en los pies. De pronto, el almogávar se detuvo en medio de un camino de ronda.

—¡Avanza, perro! —bramó un guardia.

—¡Calla, chacal! —respondió el almogávar, que ya sabía suficiente mongol para entender una cosa y responder la otra. Y clavó los ojos en el jardín que había abajo. Sí, no se había equivocado: ¡allí estaban la condesa Ilona y Sándor, que se apoyaba en ella para poder caminar! Cuando alzaron los ojos hacia él, tanto el rostro de la condesa como el del paje se iluminaron de alegría y lo llamaron agitando las manos... El paje estuvo a punto de caer a causa de la emoción.

Los mongoles interrumpieron aquello y se llevaron a Corazón de Hierro hacia su calabozo. La visión de la ingrata había trastornado al caballero. Y la alegría espontánea que había manifestado al verlo le parecía ya motivo suficiente para continuar pensando en ella. Para que renacieran en él nuevas esperanzas... El joven había olvidado, o prefería no recordar, un dicho hallado en una de sus lecturas: «El amor vuelve estúpidos a los inteligentes».

Sentado en la habitación que le habían asignado, Gyálog cosía aplicadamente uno de aquellos faldones que siempre se pisaba.

A través de un ventanuco, el anciano veía caer la nieve a la luz de la luna.

«¡No me gusta nada eso del torneo de mañana!», se dijo, y en ese mismo momento alguien abrió la puerta de una patada.

Apareció el comandante Batú seguido por uno de los cocineros del castillo, que tenía cara de asustado. Batú estaba molesto porque Gyálog no se sobresaltó al abrir él la puerta. Aquel anciano no se asustaba nunca de nada. Tal vez era cierto que hablaba con el demonio, como decían algunos.

—¿Puede saberse qué hacéis con la *paprika*?[1]

—¿Qué *paprika*?

—¡No disimules, viejo estúpido!

—Estúpido se puede ser a cualquier edad, y vos sois la prueba fehaciente. Pero para llegar a viejo es necesario tener suerte y no ir por mal camino, como vais vos.

—El cocinero me ha dicho que le habéis pedido grandes cantidades de *paprika*. Dos kilos anteayer... Un kilo ayer... Y para hoy...

—¿Y eso os inquieta? ¿Acaso no sabéis para qué le sirve la *paprika* a un viejo... estúpido... como yo?

—¿Qué queréis decir? Procurad no mentir, porque...

El mongol sacó un puñal y amenazó al anciano.

—¡Señor comandante, pensaba que estabais mejor informado! Aquí es necesario ser realmente... estúpido... para no saber que, para los dolores reumáticos, todos los viejos, como lo seréis vos algún día si tenéis suerte y emprendéis el camino del sentido común, se dan baños de *paprika*.

—¿Baños?... Pero si es un polvo y...

—¡Claro, zoquete!... Quiero decir, comandante. Pero ¡el polvo se moja, señor mío! ¡Parece mentira que seáis tan ignorante! Ya que invadís un pueblo, valdría la pena preocuparos un poco de conocer sus costumbres más arraigadas, su cultura... ¡Por ejemplo, hace mucho tiempo que estáis aquí y aún no sabéis decir si-

1. Variedad de pimentón rojo típico de Hungría.

quiera *Jo éjszakát*! ¡Me gustan los extranjeros y conozco algunos que valen más que muchos húngaros, pero detesto la pereza mental y la falta de curiosidad respecto a las otras culturas!

El comandante Batú se había quedado con la boca abierta.

—Y ahora, si me lo permitís... *Jo éjszakát!* Es decir, buenas noches en húngaro.

Una vez fuera de la habitación, al recordar a su suegra, que siempre se quejaba y no había forma de que callase, Batú le ordenó al cocinero:

—¡Tú... zoquete! ¡Quiero que mañana me traigas sin falta otro kilo de *paprika*!

A medida que avanzaba la noche, más y más gente se unía a la que ya acampaba en torno a la explanada donde debía celebrarse el torneo, con la esperanza de poder asistir a él al día siguiente. Se habían alzado algunas tiendas de campaña y encendido muchas hogueras para combatir el frío de aquella noche de nieve.

Entre los que llegaban, campesinos miserables la mayoría pero también algún rico, un buen número caminaba con muletas, tenía alguna extremidad de madera o se hacían acompañar por un lazarillo, como hacen los ciegos. Nadie se extrañaba. Sin duda, se trataba de pobres gentes que se habían visto arrastradas a las guerras de los señores o que habían participado en alguno de los frecuentes tumultos motivados por el hambre o por alguna injusticia demasiado insoportable. Más de un soldado de Jorthy, y alguno de los mongoles que vigilaban pasando entre los reunidos, tuvieron la impresión de no haber visto jamás tantos viejos de barba blanca que apenas podían caminar, ni tantos mutilados. Pero aquellos buenos observadores no se atrevieron a comentar nada, ya que, tanto en un ejército como en el otro, abundaban las patadas en el trasero. Y era corriente el castigo de pasar una noche de invierno desnudo y al raso. En estos últimos casos, los oficiales solían calificar de «poco hombres» a quienes, al día siguiente, encontraban muertos de frío.

31

Faltaba muy poco para que diera comienzo el torneo.

Corazón de Hierro se decía que, por encima de todo, era necesario conservar la sangre fría. Y pensar intensamente. Aquel torneo no sería como los que él había conocido, con heraldos y jueces para contabilizar los puntos. Torneos que seguían el reglamento establecido por Ricardo I y Eduardo I de Inglaterra, con el fin de evitar derramamientos de sangre; torneos que servían como entrenamiento militar y a menudo eran una gran fiesta en la cual los caballeros se lucían ante las damas. Se repartían casi siempre golpes muy duros pero, si alguien moría, era por accidente. De lo que se trataba era de derribar al caballero rival y capturarlo para quedarse con su caballo de batalla —a menudo de ricos arneses—, y hacerle pagar un rescate. Nunca era cuestión de matar. Y ser generoso y caballeresco con los vencidos —devolviéndoles, por ejemplo, caballo y dinero— era considerado una prueba de grandeza.

Subutai anunciaría sus esponsales con la condesa y, al hacerlo, él y Jorthy reafirmarían su poder. El torneo comenzaría con dos o tres combates menores entre vasallos del hermanastro. El combate más importante sería el que iba a enfrentar al almogávar y al jinete negro.

«¿Qué se propone Subutai con este combate?»

A Bernardo le costó entenderlo, pero acabó por lograrlo, o al menos eso creyó. «Subutai quiere que el jinete negro, a quien sin duda tiene prisionero dado que no ha tenido lugar la retirada de los mongoles por él anunciada, resulte muerto... ¡Ha decidido matarlo y me ha escogido a mí para hacerlo! En Karakorum, el Gran Khan debe de creer, a estas alturas, que los mongoles ya se han retirado como él quería... Pasará tiempo antes de que sepa lo sucedido de verdad: ¡la muerte de su enviado por participar en combate caballeresco en un torneo! Lo que quiere Subutai es ganar tiempo... Para fundar esa dinastía mongol-húngara y hacer de esta vieja tierra de los magiares un *ulus* más, nueva realidad política con la que el Gran Khan tendrá que contar de una u otra forma como pasa con los *ulus* que hay en Rusia... Suponiendo que yo me prestase a oficiar de verdugo y matar al jinete negro delante de todo el mundo, fingirían dejarme marchar con todos los honores debidos a un campeón, pero ¡no llegaría muy lejos! Después de torturarme para que les revelase el secreto de la invulnerabilidad de mi pecho, me matarían... ¡Ya deben de haber cavado mi tumba! Jamás volvería a ver Barcelona... ¡Ni siquiera saldría de este país!»

A Corazón de Hierro, la cuestión de aquella invulnerabilidad parcial, que a veces le traía más problemas que ventajas, había acabado por trastornarlo. Habría podido morir bajo tortura sin poder decirles una sola palabra a sus verdugos... Cada vez que pensaba en ese hecho prodigioso de su vida se le nublaba la mente. Y desde el fondo de la memoria le llegaba un recuerdo brumoso de una multitud que gritaba, airada... ¡Y la imagen terrible de una mujer joven atada sobre una hoguera que comenzaba a arder! Oía primero las súplicas y después los alaridos de la mujer en medio de las llamas y el humo... ¡Y eso era todo! Inmediatamente antes de partir hacia Grecia, ya convertido en almogávar (impulsado por una insaciable sed de aventuras que habían contribuido a contagiarle, desde edad muy temprana, los relatos románticos de caballeros andantes), cuando aún vivía en el castillo heredado de su padre, no muy lejos de Barcelona, sucedió algo que contribuyó a conferirle aquella invulnerabilidad parcial. ¿Qué? ¡No habría podido recordar nada más aunque lo matasen!

«¿Y si intentara huir? Ahora, cuando me lleven hacia el lugar del torneo...» Habría podido huir, pero sólo de momento. Había decidido aplazar su viaje para poder ayudar, cuando llegase el momento propicio, a aquella ingrata con la que soñaba... ¿Y si provocase un cambio en la situación negándose a participar en el torneo?

En aquel momento llamaron a la puerta. ¡Inusitada cortesía! Venían a ayudarlo a ponerse la armadura. Pero alguien más acompañaba a los esbirros de Jorthy y los mongoles. Entró un zagal de la edad de Sándor que llevaba un objeto voluminoso cubierto con una tela colorida. El zagal se inclinó ante el almogávar y le presentó el objeto. Bajo la tela había una jaula de pájaro finamente labrada con un ruiseñor dentro, posado ante un comedero. Con la cabeza bajo el ala, el pájaro parecía dormir. Bernardo pasó un dedo entre la reja y el animalillo, asustado, revoloteó hasta quedar inmóvil. Entonces el almogávar vio que el ruiseñor, si no se quedaba quieto, estaba obligado a saltar o revolotear constantemente porque... le habían cortado una pata. «¡Maldito canalla!», se dijo el almogávar. ¡Aquélla era la forma que Subutai tenía de recordarle qué le sucedería al paje de la condesa si él se echaba atrás a la hora del torneo!

32

¡Corazón de Hierro entró en liza!

Una vez más debía soportar la pesadez y el ahogo que le producían las armaduras —ésta, además, la llevaba sobre una cota de malla muy cerrada—, sobre todo el casco. «¡Suerte que estamos en invierno!», se dijo. Tenía muy mal recuerdo del cabalgar con armadura en verano, porque el sol calentaba el metal hasta el punto de que el caballero, empapado en sudor, se sentía morir de calor y asfixia. En un extremo de la palestra —de la cual quitaban la nieve a medida que se acumulaba—, se encontraba el grupo de soldados de Jorthy y Subutai que ahora formaban el equipo del almogávar. Lo habían ayudado a armarse y lo habían izado sobre el lomo de un caballo igualmente recubierto de hierro. Parecía inverosímil, pero entre el caballero y aquellos ayudantes se había establecido una relación que lindaba con la simpatía. ¡A despecho del hermanastro y el otro, aquella gente veía ahora, en el almogávar, a su campeón! Algo igual debía de pasar, se dijo, con el jinete negro.

Corazón de Hierro había sido el primero en salir. Y la gente que se apiñaba a ambos lados de la liza, abrigada lo mejor que podía, lo saludó con un clamor impresionante. Eso no significaba nada, aparte de las ganas que todos tenían de divertirse de verdad después de los primeros tres combates que, si se juzgaba por los abucheos masivos que había oído el almogávar mientras esperaba su turno, no habían sido gran cosa.

Al declarar abierto el torneo, el hermanastro —después de un discurso en el que presentó, una vez más, la traición como una ventajosa reconciliación con «nuestros hermanos mongoles»— anunció la boda de Subutai con la condesa. Se produjo un silencio consternado que acabaron por romper los soldados de ambos ejércitos obligados a aplaudir.

—¡Le he otorgado a Hungría el don de mi persona! —declaró Jorthy cuando cesaron los aplausos.

—¡Les has otorgado a los mongoles el don de Hungría! —le contestó sarcásticamente alguien a quien, por suerte para él, no lograron identificar.

Mientras pensaba que encontraría sobre la marcha alguna solución para sus problemas, como le había sucedido tantas veces, Corazón de Hierro se dirigió, al trote de su caballo —un animal lo bastante gordo y fuerte para soportar el peso de tanto hierro—, hacia la tribuna principal. Al llegar, inclinó su lanza larga y pesada en un saludo ostensiblemente dirigido a la condesa. Se encontraba sentada entre Subutai y Jorthy —¡más bella que nunca, dolorosamente bella, según el almogávar!—, y tenía a Gyálog y Sándor cerca de sí. El paje saludó al caballero con entusiastas gestos de las manos... ¡Ahora lo consideraba un amigo de verdad!

Tras alzar la visera del yelmo, Corazón de Hierro se dirigió a la condesa con voz potente y, aunque se sentía como un insensato, ¡pronunció las mismas palabras que había dicho en sueños!

—Señora, en homenaje a vuestra discreción y belleza incomparables, querría que me concedieseis el honor de ser portador de vuestros colores.

A pesar de la mirada venenosa que le dirigió Subutai, la condesa, envuelta en pieles de zorro plateado, se levantó de inmediato para acercarse a la barrera de madera cubierta de tela roja que separaba a los espectadores de la palestra. No comprendía cómo aquel joven no se había desanimado ante la actitud de ella... Pero ¡era una suerte que no lo hubiese hecho, porque aún podría resultarle útil! Con gesto gracioso y decidido se quitó un chal que llevaba. El chal no era verde como en el sueño, sino azul, el color de la fidelidad. Pero mientras se lo ataba al brazo izquierdo, cubierto de hierro, el caballero percibió el mismo aroma de los cabellos de fuego.

—Podríais hallaros muy lejos de aquí —dijo la dama, con una sonrisa de aquellas que sabía muy bien que dejaban a los hombres embelesados—, y aún estáis aquí. ¡Sé que es por culpa mía! ¿Cómo podría recompensaros?

Un bramido de rabia de Subutai sacó al almogávar

de su embeleso. ¡El mongol llamaba al orden a su prometida! La condesa permaneció impasible durante unos minutos, desafiando a aquel personaje grosero. Después, con una expresión afligida que hubiese conmovido a un corazón de hierro de verdad, volvió a sentarse en su sitio bajo la marquesina que protegía la tribuna de la nieve. ¡Hacía días que Subutai había amenazado a la condesa con mandar descuartizar al paje y al anciano preceptor si ella no se doblegaba a su capricho!

33

¡Un gran clamor de entusiasmo saludó la aparición del jinete negro! Entraba, claro está, por el otro extremo de la liza. Por inverosímil que también esto pueda parecer, todos los mongoles presentes, incluidos Batú y quién sabe si también el propio Subutai, hacían de él su campeón contra aquel adversario extranjero, con toda la visceralidad xenófoba propia de este tipo de situaciones.

A Corazón de Hierro, el jinete negro con su armadura oscura y su yelmo de cabeza de pantera le pareció más esbelto y menudo que nunca: un oriental de estatura más bien baja, probablemente muy joven, sin duda aguerrido pero por fuerza poco experimentado. Menos que nunca pensaba ahora el almogávar en matar a aquel mensajero de la paz que no había podido llevar a buen fin su misión humanitaria. «¡Me limitaré a derribarlo! —se dijo—. Y ya veremos qué pasa después.»

El jinete negro había salido ataviado con la capa ribeteada de armiño. Llegado al sitio desde el que podía iniciar el ataque, desató la prenda y la arrojó al suelo con gesto elegante. Uno de los mongoles de su equipo se precipitó a recogerla.

¡Y con un escudo de hierro forrado de cuero y ornado con cabelleras, y la larga lanza de torneo bien aferrada y en posición horizontal, el enviado del Gran Khan cargó contra su enemigo!

«¡Conoce mi leyenda —pensó Corazón de Hierro—, y por eso me apunta al cuello, a la juntura del yelmo con el peto de la armadura!...»

El suelo helado de la liza retumbaba cada vez más a medida que los pesados caballos de batalla pasaban del trote al galope tendido. La gente contuvo la respiración y guardó un silencio absoluto... ¡El choque era inminente!

Cuando sólo tres metros separaban a los adversarios, el caballo del almogávar resbaló sobre el suelo helado —a pesar de la tierra que habían esparcido encima para evitar aquel peligro—, se inclinó de lado hasta perder el equilibrio y cayó con su jinete entre un estruendo de hierro y un «¡Aaaaah!» formidable de la multitud.

«¡Estoy perdido!», se dijo Corazón de Hierro, que había evitado, por casualidad, que le quedase una pierna atrapada bajo el peso de la montura. Había perdido la lanza. Sólo le quedaba el escudo. No era una deshonra resultar desmontado, de una u otra forma, en un torneo. Ya lo decía una canción: «Es entre las patas de los caballos donde debe buscarse a los más valientes». Era señal de que se habían expuesto al peligro, de que no habían huido. Desde el suelo, donde hacía esfuerzos para levantarse, el almogávar vio que el jinete negro tiraba la lanza y cogía una pesada maza de púas.

«¡Levántate! ¡Levántate!», se dijo, medio aturdido por el choque contra el suelo y con los movimientos estorbados por el hierro que llevaba encima. Se incorporó justo a tiempo de parar un golpe con el escudo, tan fuerte que casi lo hizo caer de rodillas.

«¡Y pensar que yo le perdonaba la vida! Parece frágil, este muchacho... Pero ¡si me descuido, me matará!»

Corazón de Hierro se disponía a desenvainar la espada, a pesar de las dificultades, y a parar otro golpe con el escudo... Pero el jinete negro hizo una finta y el mazazo no lo recibió el almogávar en el escudo, ya abollado, sino en el yelmo. Sabía que asestar duros golpes en el yelmo —él mismo lo había hecho otras veces— era una forma, si no de abrirle la cabeza al contrario, sí de dejarlo completamente sordo y aturdido, listo para la captura. Otro mazazo en la parte frontal del yelmo lo derribó una vez más. A pesar de que el casco estaba forrado por dentro, los golpes se hicieron insoportables. Mientras el jinete negro luchaba por mantener de pie a su caballo, que había resbalado a su vez, el almogávar logró incorporarse a medias. Y el otro, cuya montura había recobrado ya el equilibrio, se lanzó nuevamente a la carga con la maza en alto. Los espectadores habían llegado al paroxismo del frenesí con que seguían el combate. Aunque un observador atento habría reparado en que, si bien había gente entusiasmada y también angustiada —la condesa, Gyálog, el paje...—, había otros que se mostraban extrañamente impasibles y como a la expectativa —¿de qué?—, sobre todo entre aquellos ancianos que apenas podían caminar, aquellos campesinos harapientos a los que les faltaba alguna extremidad... Por no hablar de los ciegos tan numerosos con sus lazarillos. Toda aquella gente se había distribuido, poco a poco, por el terreno destinado al público. Y muchos se habían ido aglomerando bajo la nieve que caía con suavidad, en torno a la tribuna principal donde se encontraban los que habían abandonado, excepcionalmente, la seguridad que les proporcionaba el castillo —Subutai y el hermanastro—, para ver el torneo.

Este observador imaginario tampoco habría dejado de advertir la presencia de un hombre de corta estatura que se cubría casi por completo con una manta de las que se utilizaban para abrigar a los caballos... De vez en cuando, al moverse, el hombrecillo hacía un curioso sonido de cascabeles.

Caído boca arriba como un gran insecto tan acorazado que le cuesta mucho dar media vuelta, Corazón de Hierro, que había renunciado a desenvainar la espada, vio llegar al jinete negro al galope, inclinado sobre la silla para asestarle el golpe de gracia. Ya estallaba un clamor de victoria entre los mongoles... ¡Ya daban por rematado al extranjero!

Pero el almogávar, en lugar de apretarse contra el suelo y protegerse sobre todo la cabeza, se incorporó a medias con un gran esfuerzo. Y sus manos enguantadas de hierro aferraron, al vuelo, las púas de la maza que estaba a punto de golpearlo. Dicha arma la llevaba sujeta el jinete negro a la muñeca mediante un bucle de cuero... Y si bien su caballo, empapado en sudor y manchado de blanca espuma, pasó de largo al galope y dejó tras de sí al almogávar caído, su jinete voló de la silla a causa del tirón; el adversario desarzonado pesaba demasiado para que el animal hubiese podido arrastrarlo más de un par de metros sin que cayese su caballero.

Mientras el jinete negro yacía boca abajo en el suelo, Corazón de Hierro logró levantarse por fin y, tras desenvainar la espada, marchó hacia el mensajero del Gran Khan... De las bocas de los mongoles escapó un «¡Ooooooh!» horrorizado... El mismo Subutai, al ver llegar la muerte del jinete negro que tanto convenía a sus planes, no gritó «¡mata! ¡mata!», como se había propuesto hacer.

Pero ¡el jinete negro se movía! Giró con rapidez sobre sí y se levantó, aferrando la maza con ambas manos. El almogávar esperó, generoso, a que se incorporase del todo para proseguir el combate y obligarlo a rendirse.

El otro, no obstante, no correspondió poniéndose ceremoniosamente en guardia de acuerdo con las reglas caballerescas que el almogávar observaba siempre que podía. ¡Por el contrario, lanzó un salvaje mazazo a dos manos con todas sus fuerzas! Un golpe dirigido con rabia al nacimiento del cuello de Corazón de Hierro, capaz de hacer mucho daño a pesar de todas las protecciones. Pero el almogávar se agachó y la maza golpeó el vacío... Arrastrado por el impulso, el jinete negro dio unos pasos vacilantes y volvió a caer de cara al suelo. Corazón de Hierro saltó pesadamente sobre su espalda y apoyó las rodillas sobre los brazos del caído para aplastarlo contra el suelo. Con la mano izquierda le presionó el yelmo en forma de cabeza de pantera contra la tierra.

Pero ¿qué eran aquellos gritos? ¡Alguien, surgido de entre la multitud, saltaba la barrera!

Era un hombre pequeño que, después de volar en un triple salto mortal, caía de pie a unos metros de los combatientes y desenvainaba un puñal. Lo lanzó contra el almogávar... Y muy de prisa lanzó otro... ¡Y otro más! Todos rebotaron contra la armadura.

Con un nuevo puñal en una mano, el enano atravesó a volteretas el espacio que lo separaba de Corazón de Hierro, y le cayó encima. Con una manita frenética intentó abrirle el yelmo, listo para degollarlo. Pero, sin dejar de pesar sobre el jinete negro, el almogávar se quitó de encima al hombrecillo como un oso se sacudiría un gato que hubiese pretendido atacarlo. El enano se dio un golpe en la cabeza al caer, y quedó inconsciente en el suelo. A continuación, Corazón de Hierro comenzó a quitarle al jinete negro el yelmo en forma de cabeza de pantera. ¡Tenía ganas de verle la cara a aquel muchacho tan peligroso! Al quitarle el yelmo, un clamor de estupefacción brotó de la multitud. Acababa de aparecer una cabellera de color negroazulado, al tiempo que se oía un grito de rabia y desesperación que podría haber sido proferido por cualquier hombre... ¡aunque el grito lo habían emitido las cuerdas vocales de una mujer! El almogávar, tan estupefacto como todos los demás, se levantó de inmediato... El jinete negro, que había resultado ser una amazona, se puso también de pie y se volvió hacia él. Lo miró con altivez. La furia crispaba el bello semblante de una mujer mongola en el que relampagueaban de ira unos ojos como diamantes negros.

—¡Soy la princesa Nadira! —declaró en latín una voz melodiosa y alterada por la rabia—. Soy la nieta del Gran Khan de Karakorum. ¡He luchado, a la fuerza, contra vos! ¡Para salvar a uno de mis amigos, el capitán Zewang, servido como pasto de los cuervos!... Pero no creáis que digo eso para que ahora me perdonéis la vida. ¡Matadme, señor caballero, como sin duda os ha ordenado Subutai! Yo no pasaré por la humillación de suplicaros gracia.

«¡Jamás había visto unos dientes tan bonitos! —pensaba Corazón de Hierro—. Ni unos incisivos tan simpáticos como éstos... ¡Parecen de lobezno!»

—¡Nada habéis de suplicarme, señora princesa! También yo he luchado a la fuerza contra vos... ¡Con el fin de salvar a alguien de que quedase mutilado para siempre! ¡Vos y yo tenemos un enemigo común, y se llama Subutai! Pero, decidme, ¿dónde habéis aprendido latín?

—En Pekín... Allí hay preceptores muy buenos. Más de un viajero llegado del lejano y misterioso Occidente ha decidido quedarse para siempre entre nosotros... ¿Qué pensabais? ¿Que todos somos bárbaros? ¡Sería tan injusto pensar eso como creer que lo sois todos vosotros, si se tienen en cuenta ciertos comportamientos! Mi abuelo me envió a detener esta invasión. Él quiere que continúe reinando en todas partes la Paz Mongola que se instituyó en vida de nuestro glorioso antepasado Kubilay Khan, y...

Un repentino tumulto la interrumpió. Algo grave sucedía entre el público... ¡Sonaban gritos de guerra!

34

¡A partir de aquel día, la explanada del castillo de la condesa donde se había celebrado el torneo sería recordada como la «Explanada de los Milagros»! ¡Aunque más adecuado habría sido recordarla como la «Explanada de los Engaños»!

Porque de repente, los ancianos que se encontraban entre el público y apenas podían caminar, desecharon las muletas, se arrancaron las barbas blancas y se transformaron en jóvenes vigorosos; aquellos a quienes les faltaban brazos o piernas, los recobraron de modo súbito. ¡Y los ciegos recuperaron la vista! Y tanto ellos como los lazarillos que los guiaban y todos los demás sacaron armas improvisadas y convencionales: cuchillos, mazas de guerra, martillos, hachas, jabalinas, hoces que habían mantenido escondidas bajo los harapos que vestían, única cosa verdadera de sus pertrechos, si se exceptuaba una miseria muy auténtica.

A una señal convenida que dio un inválido total al que transportaban dos campesinos, toda aquella gente se lanzó hacia la tribuna gritando y blandiendo armas y herramientas. Y se enfrentaron a los guerreros de Subutai y al hermanastro, que, fulminados por la sorpresa, reaccionaron de modo débil de momento.

El «inválido total», un hombre alto y fuerte que aún no tenía cuarenta años, dirigía el ataque... Era el forajido, el proscrito cuya cabeza, por devoción a la condesa Ilona, estaba puesta a precio. Era el antiguo saltimbanqui y comediante con vocación política que había ideado y preparado el ataque como un genial montaje de teatro... ¡El ya legendario Erno Baradla!

—¡Subutai! ¡Subutai!... ¿Dónde estás, cobarde? ¡No te escondas! —gritaba Baradla—. ¡Mi espada está sedienta de tu sangre!

Entretanto, tras abandonar la palestra y abrirse trabajosamente paso entre aquel formidable alboroto, Corazón de Hierro se había lanzado hacia la tribuna con la intención de interponerse entre su soñada condesa y cualquier mal que pudiera amenazarla. Pero un guerrero decidido le cerró el paso: el comandante Batú. ¡Una corriente de rencores acumulados pasó como un relámpago entre ambos hombres! No era un látigo lo que ahora llevaba el mongol, sino una gran hacha de doble filo.

Al lado del almogávar, con la maza de púas que tan bien manejaba a dos manos, la princesa Nadira había vuelto a ponerse la cabeza de pantera. El enano de los puñales, ya recuperado, le cubría la espalda y la protegía pegándose tanto a ella que parecía que los cascabeles los hacía sonar la princesa.

Mientras Corazón de Hierro paraba, con un escudo recogido del suelo, un hachazo de refilón que arrancó chispas del mismo, la princesa le gritó:

—¡No veo por ninguna parte a mi otro compañero! ¡No veo al capitán Zewang! ¡Ese lobo de Subutai debe de haberlo hecho asesinar!

Aullando de rabia, un soldado de Jorthy la embistió con una jabalina aferrada por ambas manos. Pero ella no se movió ni un centímetro y, como si fuese lo más natural del mundo, aferró el hierro afiladísimo con la izquierda protegida por el guantelete al tiempo que le asestaba con la derecha un mazazo tan fuerte en la parte frontal del yelmo que el hombre se tambaleó y chocó contra otros dos soldados. ¡Querían atravesar a la princesa con sus lanzas, y lo atravesaron a él! El hombre murió invocando a un buen santo húngaro del cual no debía de haber sido muy devoto hasta aquel momento. Uno de tantos hombres que, al servicio de uno de tantos poderes despóticos que se imponían en el mundo sin más razón que la de la fuerza, moría por algo que no le resultaba beneficioso ni material ni espiritualmente, y sin entender nada.

Espada en mano y con el escudo por delante, Corazón de Hierro cargó contra Batú y lo hizo retroceder con paso tambaleante. El comandante tropezó y cayó de espaldas. Dos mongoles se apresuraron a interponerse entre él y el almogávar, el cual no aceptó el reto porque estaba demasiado preocupado por la suerte de la condesa. Avanzó como un oso enfurecido, derribando a todo el que se le ponía por delante, en dirección a la tribuna sobre la que sólo veía una parte de la espalda de Jorthy, que gesticulaba frenéticamente con una de sus manitas... No podía moverse sin los campesinos que lo transportaban, y en aquella confusión no lograba encontrarlos.

Corazón de Hierro se dio cuenta de que la princesa lo seguía, siempre protegida por el diminuto e infatigable acróbata de los puñales, que parecía multiplicarse.

—¡La *païza* del Gran Khan! —gritó la princesa—. ¡El anillo que lleva Subutai! ¡Si lo recuperase me obedecerían todos y podría detener esta matanza!

—¡Será preciso arrebatarle ese anillo! —respondió el almogávar—. ¡Será preciso arrebatárselo!

—Pues ¿a qué esperamos? ¡Continuad abriendo camino, que yo os sigo! ¡Y si os cansáis, dejadme la delantera a mí!

Corazón de Hierro empezó a pensar que la belleza física —y los «incisivos de lobezno»— no eran las únicas cosas admirables que tenía la princesa Nadira.

35

Mientras continuaba lo que ya era una batalla campal entre los partidarios de la condesa Ilona y los guerreros de Jorthy y Subutai, Corazón de Hierro llegó a la tribuna.

Al ver lo que tenía ante sí, se sintió como si todo el frío de aquel día gélido le helara la sangre: como si la nieve cayese dentro de él.

Subutai había cogido a la condesa por los cabellos rojos y le acercaba un cuchillo a la fina piel (¡que debía de ser tan dulce!) del cuello. Sándor yacía en el suelo, sin duda dejado fuera de combate por un mamporro, y el viejo Gyálog pugnaba por levantarse, sin duda también brutalizado por el caudillo.

También se encontraba allí Erno Baradla, que, espada en mano, miraba con fascinación a la dama amenazada sin atreverse a hacer nada. Sentado en su especie de trono portátil, el hermanastro aplaudía con las manitas grasientas de comer todo el día.

—¡Mátala! ¡Mátala de una vez!... —pedía.

—No, Jorthy... No la mataré... ¡Primero ha de servirnos de algo! ¡Tú y yo cumpliremos todo lo que nos hemos propuesto! ¡Escuchadme! ¡Escuchadme todos, perros!

Entre los allí presentes se hizo un profundo silencio alterado sólo por el ruido de los que aún combatían. La condesa estaba asustada pero se mantenía serena, con los dientes apretados. Si acaso, bajaba a veces los ojos como si quisiera ver la afiladísima hoja que le hacía cosquillas en la garganta y la podía degollar como si fuese un cordero.

—¡Escuchadme bien! ¡Sobre todo tú, Erno Baradla, hijo de una hiena! ¡Ordénales a tus perros que tiren de inmediato las armas, o ya puedes despedirte de esta bruja!

El almogávar tuvo la impresión de que el hielo que sentía en la sangre se había propagado a todos los presentes. «Dios mío, ¿qué hago?», se preguntaba. Todos estaban extrañamente quietos, como en una pesadilla, silenciosos, esperando la reacción del jefe de la revuelta. Solo Gyálog, ya de pie no muy lejos de Subutai, que le daba la espalda (¿qué peligro podía representar un pobre viejo contra el guerrero magnífico que esperaba ser algún día Gran Khan en Karakorum?), solo Gyálog no permanecía inmóvil... Tenía entre los dientes uno de los faldones de su túnica... ¿Qué demonios estaba haciendo?

De repente, un Gyálog que se había vuelto ágil como un joven, se lanzó adelante, se pegó a la espalda del caudillo y dejó caer sobre éste lo que llevaba escondido en el faldón.

Se trataba de una gran cantidad (¡kilos!) de polvo que formó una nube roja en torno a la cabeza de Subutai...

¡Paprika! Gyálog frotó los ojos del mongol con aquel pimentón picante. Y al intentar protegerse, al caudillo se le cayó el cuchillo de la mano.

—¡No veo nada! ¡No veo nada! ¡Estoy ciego! ¡Cieegoooooooooo!

Como relámpagos, Erno Baradla y Corazón de Hierro se movieron a un mismo tiempo. El proscrito, de un golpe dado con el puño de la espada, derribó al caudillo y, a continuación, el almogávar le pisó la muñeca derecha con su bota herrada. ¡Se agachó con presteza y arrancó de un dedo de Subutai el anillo que lucía la *païza* del Gran Khan!

—¡Nadira! ¡Nadira! —gritó—. ¡Aquí, rápido! ¡Coged esto!

Unos momentos después, la princesa alzaba un brazo y les enseñaba a todos el sello supremo.

—¡Mongoles! ¡Os habla la enviada del Gran Khan! ¡Su nieta, la princesa Nadira! ¡Deponed las armas de inmediato! ¿Quién de vosotros osa seguir el ejemplo del traidor Subutai y desafiar al Gran Khan? ¡De ahora en adelante, os ordeno obediencia en su nombre!

A partir de aquel momento, el enfrentamiento comenzó a menguar. El ruido de las armas y los gritos de guerra decrecieron hasta que comenzaron a oírse los lamentos de los heridos.

Mientras los mongoles obedecían y los soldados de

Jorthy los imitaban, la princesa se volvió hacia Corazón de Hierro, que buscaba ansiosamente con los ojos a la dama de cabellos de fuego. Ella y Baradla se habían llevado a Sándor, que continuaba inconsciente. No podían encontrarse muy lejos de la tribuna... ¡La princesa abrazó al almogávar y, de modo súbito, lo besó salvajemente en la boca!

—Arrodíllate —le ordenó a continuación, imperiosa. El almogávar aún no se había recuperado de la sorpresa.

—Estoy bien así —respondió, mientras aquel beso inesperado le quemaba los labios.

En el rostro de ella se evidenció el desconcierto de alguien que está acostumbrado a mandar sin hallar nunca resistencia.

—¡De acuerdo! Alguna insolencia se ha de tolerar de un hombre tan extraordinario...

La princesa le posó sobre un hombro la mano en la que llevaba el anillo con la *païza* del Gran Khan.

—¡Corazón de Hierro, yo te nombro *bahadur* por la lucha que has librado en defensa de la Paz Mongola! Este nombramiento te será ratificado en el próximo *khurultay*[1] que tendrá lugar en Pekín en cuanto lleguemos.

—¿Lleguemos? Esperad un momento...

—Pero no mucho, ¿eh? ¡No me gusta esperar! Entretanto, Baidar, el enano de los puñales, y yo buscare-

1. Asamblea general de la nobleza feudal mongola.

mos a nuestro amigo Zewang... ¡Espero que esos canallas no le hayan matado!

Con una mirada en la que brillaban deliciosas promesas, dirigida al «hombre extraordinario», la princesa dio media vuelta haciendo brillar su negrísima cabellera. Dejó tras de sí una estela de perfume de almizcle que el almogávar no había percibido mientras luchaba con ella. De pronto pensó que era... «encantadora», fue la palabra que se le ocurrió. Sí, francamente «encantadora».

Los lazos mongoles servían, en aquel momento, para atar los pies y las manos de Subutai, que aún permanecía inconsciente. También ataban al hermanastro, que gemía mientras agitaba sus manitas y decía que lo había hecho todo por el bien de su pueblo, que lo habían «traicionado ignominiosamente» y que no había justicia en el mundo... Lo encerraron en un calabozo tan estrecho que quedó encajado en él... De ello se encargó, personalmente, la condesa.

¡Por fin, Corazón de Hierro vio a Erno Baradla, Gyálog y Sándor sanos y salvos! El almogávar se alegró de ver que estaban todos bien. Pero en cambio no le causó ninguna alegría ver el brazo de Baradla en torno a la cintura de la condesa. Mientras avanzaba hacia ellos, observó cómo la dama miraba al jefe de la revuelta y le sonreía. Era la misma sonrisa maravillosa que, en los sueños de Bernardo, la condesa le había dedicado a él.

36

El almogávar advirtió que, al verlo, la condesa adoptaba una actitud de lo más extraña, como si de pronto se sintiera muy molesta... ¡Ya volvían a las andadas! Es cierto que ella lo saludó, le dio las gracias una vez más... Pero no se le echó al cuello —¡locos sueños de enamorado!— a besarlo como cuando la sacó del agua... Como ahora él aún había esperado que hiciese, contra toda lógica a la vista de lo que ya sabía.

Quiso endurecer su corazón —¿no era lógico, dada su leyenda?—, y actuó como si nada hubiese pasado. En una ocasión, en un torneo, había vencido a un caballero inglés. Un caballero extranjero se había acercado entonces al inglés y le había preguntado, solícito, en qué situación quedaba sin caballo y con la obligación de pagar un rescate. Y el vencido respondió dignamente: «¡Nunca una queja ni una explicación!». Se ve que era un proverbio, y que resultaba adecuado ponerlo en práctica en aquella ocasión. A fin de cuentas, la condesa no tenía por qué decirle que conocía al jefe de sus partidarios que se ocultaban en el bosque; que ella y Baradla se conocían obviamente desde hacía tiempo, y que se notaba que... Baradla, por su parte, saludó al caballero con actitud distante. Y sólo Sándor y Gyálog lo recibieron con efusividad. Sobre todo el jovencito, que estaba avergonzado por la antipatía y desconfianza que le había demostrado antes. Pero para el almogávar la cosa estaba clara y podía resumirse con otro proverbio: «El muerto al hoyo, y el vivo al bollo».

Pero ¡aún le quedaban algunas cosas por ver! Aquella tarde, en la explanada del castillo y ante quienquiera que deseara asistir, Baradla mandó que le trajeran al comandante Batú, al que habían hecho prisionero. En cuanto hubo comparecido, le ordenó que se arrodillara ante la condesa, que no parecía nada disgustada con aquella escena, y le pidiese perdón. Batú hizo lo que le ordenaban.

«¡A ver si lo va a hacer encerrar en una jaula!», se dijo Corazón de Hierro. E intercambió una mirada de preocupación con Gyálog, que se le acercó en ese momento. La princesa Nadira se había ausentado con sus inseparables Baidar y Zewang —al que había encontrado en buenas condiciones— para recorrer la región y ordenarles a los mongoles que se retiraran. Antes de partir, le había dicho al almogávar (muy contento por haber recuperado su preciosa ballesta): «Volveré dentro de poco... ¡Estate preparado para acompañarme a Pekín!». Y volvió a besar a Bernardo en la boca. «Pekín, ¿eh? ¡No pensaré en otra cosa!», había replicado él, completamente aturdido, queriendo parecer irónico. Pero ¡por la expresión satisfecha que vio en el rostro de aquel demonio de princesa, supo que ella no se había tomado en serio la pretendida ironía, o al menos lo fingió!

El comandante Batú continuaba arrodillado. Había cesado la nevada. Se oían, procedentes de no muy lejos, cantos de victoria mezclados con oraciones fúnebres dedicadas a los muertos que ya comenzaban a enterrar a la luz de antorchas que humeaban en el crepúsculo. Entonces, Baradla hizo llamar a dos compañeros de los mongoles que Batú había decapitado en el islote. Y, desenfundando su espada, se la ofreció a uno de ellos.

—¡Ahora tienes ocasión de hacer con este asesino lo que él hizo con tus compañeros!

—¡Gracias! —respondió el guerrero—. Si lo desatáis, lucharé con él pero así, indefenso, no tengo ganas de matarlo.

—¿Y tú? —le preguntó Baradla, irritado, al otro guerrero.

—Yo digo lo mismo, señor.

—¡Sois un par de gallinas! —estalló el jefe de la revuelta.

Batú continuaba igual, con los ojos clavados en el suelo.

¡De repente, Baradla cogió la espada y lo decapitó de un mandoble!

La condesa Ilona hizo un gesto de repugnancia: ¡una salpicadura de sangre casi le había manchado el vestido! La repugnancia que sintió Corazón de Hierro fue de otro tipo. No cabía duda de que el mongol merecía ser castigado, pero... ¿como un animal en el matadero? Los principios que le habían inculcado al almogávar —impracticables, le parecía a menudo, siendo el mundo como era, pero no obstante dignos de ser tenidos en cuenta— implicaban que nunca había verdadera grandeza sin generosidad ni compasión.

—¡Dios mío, no reconozco a mi pequeña Ilona! —murmuró Gyálog—. ¡Está sonriente, tan tranquila como ese Baradla! Tampoco imaginaba que este muchacho fuese así...

El anciano quería tanto a su antigua alumna, que se sintió patéticamente obligado a disculparla.

—Ha sufrido muchísimo... ¡Muchísimo! Su espíritu, antes como un lago de aguas puras y tranquilas, se ha visto agitado por auténticas tempestades... La injusticia, el sufrimiento, el hecho de acostumbrarse a odiar, estropean a las personas. ¡Yo le hablaré! ¡Las cosas volverán a su lugar!

«¡Eso no sucederá mientras tenga a ese hombre a su lado!...», estaba a punto de responder Corazón de Hierro, pero se contuvo. Habría parecido que lo decía sobre todo por despecho. (¡Y él mismo no estaba seguro de que no fuese así!)

Decidido a partir sin despedirse de nadie —de ese modo que en España llaman «a la francesa» y los franceses «a la inglesa»—, el almogávar estaba a punto de irse (también evitaría volver a ver a la princesa Nadira) cuando Baradla ordenó que le llevaran al caudillo Subutai. Y la curiosidad hizo que Bernardo se quedara donde estaba.

El sentido común más elemental exigía que, cualquier decisión que se tomase respecto al caudillo de los invasores, fuese tomada de acuerdo con la princesa Nadira. Pero Corazón de Hierro llegó a la conclusión de que la ausencia de ella les acomodaba muy bien a los vencedores para ponerla, cuando regresase, ante los hechos consumados fueran cuales fuesen.

—Pero ¿qué pasa? —preguntó Gyálog, al oído del almogávar—. ¡Ilona se ha vuelto loca! No debería permitir esto... ¡He oído decir que Nadira quiere llevarse prisionero a Subutai cuando regrese a su país! ¡Debe ser castigado por el Gran Khan en persona!

—Si queréis que os dé mi opinión, la condesa ya no tiene gran cosa que ver con todo esto... ¡Quien ahora manda aquí es Erno Baradla!

—Tenéis razón... Parece tenerla completamente bajo su influencia.

—Es que además de lo que seguramente hay entre ellos, desde hace tiempo, él tiene ahora mucho poder... ¡Los soldados, las armas! Pronto habrá, efectivamente, un gran casamiento como quería Subutai... Pero ¡el novio no será el mongol!

—Debo confiaros, Corazón de Hierro, que después de todo lo que habéis pasado por ella, yo pensaba que quizá vos...

—También yo —confesó Bernardo con amargura—, pero no por lo que hice, que no fue más que obrar de acuerdo con el código de honor de la caballería... ¡Es decir, cumplir con un deber! No por eso, sino porque me parece que había comenzado a quererla.

—¡Lo lamento mucho! ¿Queréis que yo...?

—No, gracias. No me gusta forzar las cosas. Y en el terreno de los amores siempre resulta inútil. Allí mandan los sentimientos o los intereses. Y a menudo ambas cosas a la vez.

Ya llevaban a Subutai cargado de cadenas. El hombre no se hacía ninguna ilusión sobre su destino como vencido. Todos los guerreros mongoles, sobre todo los jefes y los oficiales, recordaban un dicho del gran Gengis Khan, fundador del imperio. Un dicho en el que no sólo los mongoles creían, en tiempos de guerra: «El placer más grande del hombre es vencer a sus enemigos, ponerlos en fuga, apoderarse de cuanto poseen, ver a las personas por ellos amadas con el rostro inundado de lágrimas, montar sus caballos y estrechar entre los brazos a sus hijas y sus esposas». Sin duda, aquel controvertido emperador, militar y estadista, había dicho cosas menos terribles e incluso positivas; pero no las enseñaban en las escuelas militares del imperio.

Erno Baradla miró al vencido de arriba abajo. Pese a todo, Subutai mantuvo la mirada de burla y desprecio.

—De manera que eres tú el que quería hacer temblar a Hungría, ¿no? Y qué dices ahora, ¿eh? ¿Qué dices, canalla? ¡Lobo maldito!

Con una fusta de caballo, le cruzó la cara dos veces con furia. Los músculos del mongol se hincharon inútilmente con las cadenas. Apretó los dientes para no quejarse. La condesa asistía, sonriente, a la escena.

El asco que había estado acumulando Corazón de Hierro llegó a su punto máximo. Si alguien detestaba al jefe invasor, era él. Pero aquello se le hizo insoportable y avanzó un paso hacia la condesa. Gyálog lo cogió por un brazo.

—Pero ¿qué hacéis? ¡Tened cuidado! —murmuró.

El almogávar dudó unos momentos. Le hizo caso a regañadientes y dio media vuelta. Se alejó ostensiblemente de allí. Gyálog quedó consternado, pero comprendió que era inútil intentar retenerlo. La condesa lo vio marchar y nada dijo. Baradla, con una sonrisa torcida, se dirigió de nuevo al mongol.

—Me han dicho que te gusta mucho jugar con serpientes... ¡Ahora lo veremos!

A una imperiosa señal suya, algunos hombres le llevaron la caja de las ratas y la caja de las cobras.

—Éstas son las ratas, ¿verdad? —preguntó Baradla al tiempo que señalaba una caja—. ¡Por Tao!, como dicen los mongoles, ¡cómo chillan! Se ve que tienen mucha hambre... ¿No te duele que estén tan hambrientas? Mira, Subutai, ahora practicaremos un juego muy divertido... Alzaremos un poco la tapa de la caja y... ¿A que no adivinas quién meterá las manos dentro?

—¡Yo, no! ¡Nooo!

Cuatro de los hombres de Baradla inmovilizaron al mongol y, mientras uno de ellos alzaba la tapa de la caja de las ratas, los otros obligaron a Subutai a meter las manos dentro. De inmediato, en el rostro del caudillo se evidenció un dolor insoportable y, a pesar de los esfuerzos que hacía por contenerse, comenzó a gritar.

Y de pronto el dolor le hizo perder el conocimiento.

Entonces lo apartaron de la caja. Tenía las manos llenas de sangre, cubiertas de mordiscos.

—¡Refrescad un poco al lobo! —ordenó con tono alegre el jefe de la revuelta, como si aquello fuese una fiesta en lugar de una sesión de tortura.

Frotaron con nieve el rostro del prisionero hasta que éste se reanimó.

—Ahora acabarán tus sufrimientos... —dijo Baradla con una sonrisa—. Para no herir la sensibilidad de la señora condesa, haremos una cosa que no te mereces: ¡abreviar tu tortura!

La condesa demostró tener una sensibilidad muy resistente al hacer un gesto que significaba: «Por mí que no quede... ¡Haced lo que tengáis que hacer!».

—¡Abrid con precaución la caja de las cobras, de la misma manera que la otra!

La cara del mongol pasó de expresar dolor a expresar sorpresa.

—¡Metedle las manos dentro de la caja!

El observador atento del que antes hablábamos habría visto cómo en aquel momento brillaba fugazmente la astucia en los almendrados ojos del oriental. Pero, como si estuviera desesperado, Subutai comenzó a gritar:

—¡No! ¡No! ¡Las cobras no, por favor! ¡Su veneno es

fulminante! ¡Se muere entre horribles convulsiones! ¡Piedaaaad!

Los mismos hombres de antes repitieron idéntica operación con la caja de las serpientes. Subutai acusó los mordiscos de los reptiles, tan hambrientos como las ratas, con gritos y gemidos.

—¡Soltadlo! —ordenó Baradla.

El caudillo permaneció casi inmóvil por unos instantes, vacilando como si estuviese ebrio. Y de pronto profirió un alarido... ¡Y otro! Cayó y se revolcó convulsivamente, con los labios llenos de espuma y de nieve que se le metía en la boca al morder el suelo. De pronto, la fuerza de las convulsiones comenzó a mermar. Por fin quedó de cara a la nieve, inmóvil por completo.

Entre los presentes estallaron gritos de entusiasmo. Sólo unos cuantos se sentían tan asqueados como antes Corazón de Hierro. La condesa no se contaba entre ellos si debía juzgarse por su sonrisa. Gyálog se le había acercado y le había dicho algo al oído... Ella lo miró como extrañada y le hizo un gesto negativo con la diestra. El anciano pareció entristecido.

—¡Tirad de inmediato este cuerpo al río! —ordenó Baradla, flanqueado por la condesa y el hermano Lajos—. ¡La señora y yo deseamos hacerlo así en recuerdo y homenaje de los valientes caballeros que murieron, hace tantos años, en defensa de Hungría y Europa durante la batalla del río Sayo! ¡Las almas de aquellos mártires de la libertad y la religión verdadera saludarán la llegada del lobo infame de Szeged y de tantos otros lugares de muerte y desolación!

Y mientras los soldados arrastraban el cuerpo de Subutai hacia el río, el jefe de la revuelta le ofreció su brazo a la condesa. Y ambos se encaminaron con solemnidad hacia el castillo entre las aclamaciones del público, numeroso a pesar del frío.

Al llegar a la orilla del río Sayo, los hombres de Baradla se detuvieron a la luz de algunas antorchas. Habrían preferido someter al muerto a macabras groserías... Quién sabe si a bárbaras mutilaciones... Pero para obedecer las órdenes de Baradla, se contuvieron y actuaron con toda la seriedad posible... Muchos de ellos veneraban de verdad el recuerdo de los «mártires de la libertad».

Cuatro de ellos cogieron al mongol por las extremidades y, después de balancearlo, lo arrojaron al río. Las antorchas se reflejaban en las aguas como sobre el cuerpo viscoso de una enorme serpiente.

El caudillo chocó contra el agua, que arrastraba trozos de hielo. Y se hundió con rapidez. Sus manos ensangrentadas, mutiladas y ya horriblemente hinchadas, fue lo último de su cuerpo que desapareció. Y los soldados regresaron al castillo. Sus cantos de victoria resonaban en la ventisca que comenzaba a levantarse, gélido aliento de los dioses del invierno que amenazaba con apagar las antorchas.

37

Corazón de Hierro se sentía muy decepcionado, pero liberado al mismo tiempo.

Había pasado la noche en una de las cuevas que, al caer el día, solían darle cobijo en invierno, cuando no hallaba un castillo con anfitrión generoso. Y damas que animasen la velada con su esplendor y obligasen a los hombres a moderarse en todo, vestirse con corrección cuando no con refinamiento, y a no comer como cerdos cuando estaban ante la mesa. Un castillo con ancianos que hacían revivir el pasado con sus relatos —a veces fantasiosos y vanos pero a menudo muy aleccionadores—, y que transmitían historias, tradiciones y una experiencia vital que la longevidad hacía singular en unos tiempos en los que no era fácil llegar a viejo.

Después de lavarse en el río Sayo, sin miedo al frío, el almogávar ensilló su caballo y se dispuso a marchar.

¡Un sonido lo puso alerta!

Había sonado entre las cañas, cerca del río. Una silueta se abría paso entre las brumas azuladas que ascendían del agua a aquella hora temprana.

—¡Sándor! Pero ¿qué haces aquí?

—Ya lo veis... ¡Os estaba buscando, señor caballero! No he tenido tiempo de pediros perdón por haberos juzgado mal.

—No te apures, que ya juzgarás mejor en otra ocasión. El aprendizaje es preciso para todas las cosas. ¿Y adónde vas?

—He de reconocer que no me gustaba veros al lado de la señora condesa... Pero ¡aún me gusta menos ver en ese sitio a Erno Baradla!

—¿Y crees que marcharte de esta forma es manera de servir fielmente a la dama que te escogió como paje?

—Habría continuado sirviéndola e incluso habría dado la vida por ella, aunque no entiendo la forma en que ha cambiado...

—Las personas son siempre más simpáticas cuando son víctimas que cuando son verdugos.

—No sé qué queréis decir... Yo me he marchado porque no me gusta la persona en que se ha transformado, y porque no quiero servir a Baradla de ninguna manera. No es bueno.

—¿Bueno? ¿Y quién es bueno para ti?

—El maestro Gyálog... ¡Vos mismo!

—Gracias por tu fe, en lo que a mí respecta. ¡Procuraré recordarlo cuando me acuse la conciencia, cosa que me sucede bastante a menudo! En fin, hacerse mayor también significa aceptar, sin hacer un drama, que la gente no era como creíamos antes, ¿sabes? Y a pesar de ello continuar adelante.

—Además, señor caballero..., ¡ahora debo servir a otra dama!

Corazón de Hierro vio con sorpresa cómo Sándor, con expresión traviesa, daba dos palmadas.

De entre las cañas surgió, sonriente, la princesa Nadira. Llevaba una capa de piel de astracán y un gorro cosaco graciosamente ladeado sobre los cabellos negros como el azabache. La seguían los inseparables Baidar, con el acostumbrado sonido de cascabeles, y el capitán Zewang, tan alto y fuerte como siempre.

—Este jovencito quiere ver mundo —le explicó la princesa al almogávar—, y gracias al maestro Gyálog, que ofició de intérprete, lo he convencido para que entre a mi servicio. También quería llevarme de aquí al maestro Gyálog... ¡Aunque no como paje, claro está! Pero ha dicho que lo pensará. De momento, Sándor nos acompañará hasta Karakorum. Es un viaje muy largo y plagado de peligros. Quiero volver allí tal como vine: sola, con algunos amigos fieles. ¡Y aún necesitaría a alguien más!

La princesa le dirigió una intensa mirada al almogávar. Sus ojos negros, que él sabía que podían ser muy duros —así los había visto bajo el yelmo en forma de cabeza de pantera—, tenían, cuando ella se lo proponía, una dulzura incomparable.

—¿No querríais, también vos, acompañarme?

Dijo «acompañarme» como si hubiese estado sola y sólo de él dependiese cambiar aquella triste situación...

¡Y así fue como Corazón de Hierro el almogávar comenzó a ceder al influjo de otro irresistible embrujo femenino!

Una noche, dos días más tarde, el caballero no lograba dormirse... ¡Otra vez se había dejado convencer para aplazar su regreso a Barcelona!

¡Allí se encontraba ahora, bajo unas estrellas que tendría que seguir hacia el este en lugar de hacia el sur! ¡Allí estaba, no lejos del río Sayo, en una *iurta*[1] mongola que compartía con el paje junto a las *iurtas* de la princesa Nadira, del enano de los puñales y el capitán Zewang! Preciso es decir que con la princesa compartía también —si bien con gran discreción ante los demás por decisión de ella— algo que cada día se volvía más poderoso...

Ella le había hablado con elocuencia de los méritos y maravillas de Oriente... Del olor a ámbar y arena de las noches del desierto... De las ciudades, los templos y las innumerables joyas artísticas que se encontraban a lo largo de la Ruta de la Seda, también perfumada por el incienso y las especias de tantas caravanas... El espíritu aventurero de caballero errante del almogávar, espíritu que siempre dormía con un solo ojo, había despertado del todo. Y hay que decir que la princesa también había despertado otras cosas con su perfume

1. Tienda de campaña.

de almizcle —¡hablando de perfumes!—, y con sus incisivos de lobezno que tan evidentes resultaban con las sonrisas que prodigaba... ¡Una pasión como jamás había conocido Bernardo! La princesa había sido educada en las cortes de China y Japón, no sólo por maestros locales sino por algunos que habían llegado con Marco Polo y no habían querido regresar nunca más con los «bárbaros», es decir, al «Occidente lejano y misterioso». Conversadora muy interesante, la princesa le había relatado al almogávar, con sorprendentes dotes literarias, el *Gengi-monogatari*, escrito por la autora Murasaki Shikibu, joya de la literatura japonesa antigua.

El viaje hacia el este proseguía... Una noche, cerca del río Sayo, se habían retirado todos a sus *iurtas* y el primer turno de guardia lo hacía Baidar, el enano de los puñales.

Durante la jornada habían hablado de la retirada de los mongoles de Hungría, que ya se efectuaba en todo el país... Y de cómo había tratado la princesa, con la condesa y con Baradla, el tema de la muerte de Subutai... ¡La princesa se había mostrado muy enfadada al no poder llevarse consigo, prisionero, al traidor a Karakorum! Pero, finalmente, para no comprometer la paz, se había mostrado «flexible como el junco bajo la tormenta», dijo, si bien se llevaba una muy mala impresión del nuevo poder que dejaba allí. Ella era severa, le aclaró al almogávar, pero repudiaba la crueldad gratuita. Él no pudo hacer otra cosa que aprobar lo que decía. Y encontrarla cada vez más «deslumbrante» (última palabra que se le había ocurrido para definirla). El recuerdo de la condesa se había alejado en el firmamento de su espíritu, como un sol eclipsado por la luz más intensa de otro.

Aún faltaba un buen rato para que amaneciese, y habían acordado que Corazón de Hierro haría el último turno de guardia. Todavía no había llegado la hora, pero el almogávar, harto de su insomnio, se levantó y se abrigó bien para salir de la *iurta*.

—¿Adónde vais? —le preguntó Sándor, sobresaltado.

—¡A ninguna parte! ¡Duérmete!

La noche era fría pero no tan gélida como esperaba. «¡Ya se avecina el buen tiempo!» La luna, que se veía con intermitencias, daba una luz mezquina y entre las nubes que el viento hacía correr por el cielo brillaban, lejanas y frías pero familiares y extrañamente reconfortantes para el almogávar, las estrellas de la Osa Mayor. A Corazón de Hierro le tocaba relevar al capitán Zewang.

Llegado el momento, se encaminó hacia la hoguera ante la que se encontraba sentado Zewang, de espaldas a la humedad helada que ascendía del río. Mientras avanzaba, se dio cuenta de que el hombretón, muy inclinado hacia adelante, parecía dormido. ¿Cómo era posible? «¡Me extraña que se haya dormido, pero si lo ha hecho le daré un buen susto!»

Mas ¿podría alguien volver a darle un susto al capitán Zewang alguna vez?

¡Estaba bañado en sangre!

Cuando Corazón de Hierro daba media vuelta para alertar a los demás, vio una silueta maciza con un *yatagan* que brilló durante un segundo a la luz de la luna. El desconocido se disponía a entrar en la *iurta* de la princesa Nadira.

¡Entró!

Mientras corría hacia la *iurta* dando la alerta, el almogávar desenvainó la espada. Apartando bruscamente la cortina de cuero de la entrada, miró dentro... Iluminado por una diminuta lámpara de aceite colocada en el suelo, había un cuerpo de hombre tendido sobre la princesa. Le había tapado la boca con la mano izquierda, que llevaba vendada de cualquier manera, y, antes de clavarle el *yatagan* a Nadira, sin duda se proponía hacerle algo que llenó de rabia a Bernardo. La mujer abría los ojos con expresión horrorizada.

El intruso, como una fiera sorprendida en el momento de morder la yugular de la presa, volvió la cabeza hacia el almogávar.

Pero ¿cómo era posible?

La sorpresa inmovilizó a Corazón de Hierro... ¡El agresor era Subutai! ¡El caudillo asesinado por orden de Baradla y lanzado al río!

El almogávar no creía en la existencia de los fantasmas; por lo tanto, no se lanzó sobre un espectro sino sobre un hombre que amenazaba a la mujer a quien había comenzado a amar sin un interés extraordinario, pero que ahora lo apasionaba. Con un bramido de ra-

bia, Subutai se hizo a un lado y se levantó con agilidad. Saltaron chispas cuando paró con el *yatagan*, que sujetaba con la diestra igualmente mal vendada, una estocada del almogávar. Una segunda, sin embargo, lo hizo retroceder... Tropezando con el cuerpo de la princesa, cayó hacia atrás. Corazón de Hierro saltó sobre él con la espada en alto. Pero aunque falló el golpe, la afilada hoja hizo un corte de dos metros en la piel de la *iurta*. Subutai lo aprovechó para lanzarse al exterior.

Sándor y Baidar, a quienes el ruido había puesto en pie de guerra, reconocieron al odiado personaje con la incredulidad propia de la situación. El mongol corría hacia el río... ¿Tendría allí alguna embarcación?

Cuando llegaba al cañaveral, Sándor se le lanzó a los pies y lo hizo caer... Pero ¡Subutai se libró del chico asestándole una patada en la cabeza! Ya llegaba al lugar, sin embargo, dando volteretas y saltos mortales, el enano de los puñales. Subutai había logrado levantarse y continuaba la huida, cuando un puñal le atravesó una pierna... ¡Siguieron dos puñales más! Con el tendón de un pie seccionado, el mongol cayó al suelo. Intentaba levantarse cuando el enano le cayó encima. Desenvainó otro puñal, esta vez para degollar al fugitivo. El almogávar llegaba ya con la espada en la mano, seguido por la princesa, que se había envuelto precipitadamente en una piel de oso gris y empuñaba un cuchillo.

—¡No lo mates, Baidar! —ordenó la princesa—. No entiendo qué ha pasado... Pero ¡este traidor irá con nosotros y será juzgado en Karakorum!

El enano de los puñales obligó a Subutai a tenderse boca abajo. Le golpeó la cara contra el suelo hasta dejarlo inconsciente, para luego atarle manos y pies con el lazo que el propio caudillo llevaba colgado de la cintura.

La princesa fue hacia Corazón de Hierro.

—Amado mío, ¿ves cómo tenía razón al querer que me acompañaras? ¡Me das la vida con tu presencia! Y esta noche me has evitado cosas peores que la muerte...

El almogávar la abrazó y besó. Estrechada entre sus brazos, aún la sentía temblar, a ella, que no temblaba con facilidad. La abrazó con tal fuerza que ella gimió.

—¡No me dejes nunca!... —murmuró la princesa.

En aquel mismo momento, un lamento espeluznante llegó hasta ellos. Un sonido que había proferido insólitamente el mudo Baidar al descubrir el cuerpo del hombretón, el compañero de tantas aventuras con quien a veces jugaba alegremente como si fuesen dos criaturas... El enano de los puñales se dejó caer sobre Zewang y lloró largamente al amigo muerto. Se negó repetidas veces a levantarse, a regresar a la *iurta*... Por indicación de la princesa, que había decidido no insistir, Sándor tapó con pieles al enano, que sollozaba sin parar, para evitar que se quedara helado a la luz del nuevo día. ¡Y en aquel momento, el «cadáver» se movió! El coloso, a quien todos habían dado por muerto, aún vivía.

El sol ya se elevaba sobre el horizonte cuando se pusieron en marcha. Habían instalado a Zewang, después de curarlo con hierbas medicinales y vendarlo, en una especie de camilla tirada por un caballo. El hombretón había perdido mucha sangre, pero confiaban en que se salvaría. El enano estaba loco de contento, pero la princesa aún tenía los ojos enrojecidos.

Con las manos atadas a la espalda, Subutai viajaba sobre un caballo y de vez en cuando le lanzaba miradas rencorosas al enano, que, al pensar que había dado muerte a Zewang, quiso asesinarlo. Sólo la autoridad de la princesa se lo impidió. Ella misma, no sin repugnancia, curó las puñaladas recibidas por el caudillo traidor y puso vendas nuevas a todas sus heridas. No recibió ni la más mínima muestra de agradecimiento. Sólo consiguió —el almogávar estaba muy atento— que el odio acentuase el rictus de lobo del mongol. Al emprender la marcha, la princesa hizo que el enano sirviese té hirviente. Y ella misma, aunque con una total impasibilidad, le hizo beber una taza a Subutai, que le devolvió la impasibilidad. Corazón de Hierro sintió aún más amor, debido a aquella humanidad, por la nieta del Gran Khan.

Mientras marchaban al trote de sus monturas, ella le explicó todo lo que había dicho Subutai, jactándose de haber engañado a todo el mundo: cómo había fingido las convulsiones de la muerte por envenenamiento cuando lo mordieron las cobras, unos animales a los que siempre les hacía extirpar las glándulas del veneno para evitarse accidentes; cómo se había sumergido cuando lo arrojaron al Sayo, para emerger a oscuras entre unos juncos; y cómo, por encima de todo, tras enterarse de la marcha de la princesa, la había seguido. Su propósito era recuperar la *païza*, el sello del Gran Khan, y volver, así, a recuperar el poder...

El día era frío pero soleado. De pronto se percibía algo en el ambiente —los regueros de agua que bajaban de las montañas en muchos puntos, por ejemplo— que anunciaba la siempre renovada maravilla de la primavera... «Debe de suceder lo mismo en los Pirineos», pensó Corazón de Hierro con nostalgia. Pero ahora, aquellas montañas azules que tenía ante sí eran los Cárpatos.

La princesa Nadira, que había decidido no dejarse dominar por la aflicción, miró de reojo al hombre que cabalgaba junto a ella y pensó que aquel bárbaro, su bárbaro, estaba muy meditabundo... Y para distraerlo y distraerse ella misma, comenzó a recitar una balada del retorno al hogar, favorita de los jinetes de la estepa mongola. Escrita por un poeta anónimo hacía mucho tiempo, aquella composición tenía el frescor perenne de la edelweiss de las cimas nevadas. Y trataba de una doncella soldado que tenía, por cierto, un nombre de flor: Mu-Lan, la Magnolia.

Anoche ella vio la lista de la llamada a las armas:
el Khan hace un gran reclutamiento de tropas,
el texto del ejército cubre doce rollos,
y cada uno de los rollos lleva el nombre del padre.

El padre no tiene un hijo adulto.
Y yo no tengo un hermano mayor.
Que me compren caballo y silla.
Y me pongo en campaña en lugar del padre...
Magnolia ha franqueado diez mil estadios marchando
[con el ejército.
Parece que vuele por encima de montes y desfiladeros.
El viento del norte transmite el sonido de los gongs de
[bronce;
un día helado reluce sobre las cotas de hierro.
Y después de cien combates el general está muerto:
¡Pasados diez años, la doncella soldado vuelve a casa!

«Tiene suerte —se dijo Corazón de Hierro—, y yo... ¿cuándo lo haré?»

REFERENCIAS BIBLIOGRÁFICAS

CHRÉTIEN DE TROYES, *Oeuvres completes*, Éd. Gallimard, París.

MAURICE KEEN, *La caballería* (prólogo de Martí de Riquer), Ariel, Barcelona, 1986.

GEORGES DUBY, *Europa en la Edad Media*, Ediciones Paidós, Barcelona, 1986.

GEORGES DUBY, *Guillermo el mariscal*, Alianza Editorial, Madrid, 1985.

DOMÈNEC GUANSÉ, *Història de Barcelona il·lustrada*, Ediciones Proa, Barcelona, 1970.

ALFONSO LOWE, *La venganza catalana*, Los Libros De La Frontera, 1974.

YE, AGIBALOVA, Y G. DONSKOY, *History of the Middle Ages*, Progress Publishers, Moscú, 1988.

VIOLA T. DOBOSI, y otros, *The History of the People of Hungary From the Paleolithic to the Hungarian Conquest*, Ilona Kovrig, Budapest, 1978.

CHANTAL LEMERCIER-QUELQUEJAY, *Le paix mongole*, Flammarion, París, 1970.

H. W. KOCH, *Medieval Warfare*, Bison Books Ltd., Londres, 1982.

Si te ha gustado el libro,
aquí tienes más opciones

Corazón de Roble
La apuesta
Eva, no vayas a Berlín en limousine
La mansión de los abismos
Zonas interiores
Callejón sin salida
El Ogro de los Cárpatos
El castillo de Lava Negra